文言文終極備戰指南

李強 編著

商務印書館

本書由廣西師範大學出版社集團有限公司正式授權出版。

文言文終極備戰指南

編　　著：　李　強

責任編輯：　鄒淑樺

封面設計：　趙穎珊

出　　版：　商務印書館（香港）有限公司

　　　　　　香港筲箕灣耀興道3號東匯廣場8樓

　　　　　　http://www.commercialpress.com.hk

發　　行：　香港聯合書刊物流有限公司

　　　　　　香港新界荃灣德士古道220-248號荃灣工業中心16樓

印　　刷：　美雅印刷製本有限公司

　　　　　　九龍觀塘榮業街6號海濱工業大廈4樓A

版　　次：　2021年 12 月第 1 版第 1 次印刷

　　　　　　© 2021 商務印書館（香港）有限公司

　　　　　　ISBN 978 962 07 0598 4

　　　　　　Printed in Hong Kong

推薦序

　　2021 年，香港教育局倡議重視文言經典教學，並提出在中小學四個學習階段新增 93 篇文言篇章，藉以提升學生的語文應用和文學鑒賞能力，並培養品德情意與愛國情操。

　　中文科公開試應否設置文言範文？這個問題隨着近年高中中文科課程改革引起熱議。自 1993 年起，香港中學會考中國語文科設置 26 篇範文，當中文言文作品與白話文作品各佔一半。然而在 2007 年，沿用多年的中國語文科會考範文被取消了，改為評核考生讀、寫、聽、說四方面的語文運用能力。改革的目的，當是為了減少考生死記硬背的流弊，立意雖好，但實踐上困難重重。社會人士普遍認為，取消公開試範文考核，導致學生中文水平大幅下降。經過多年的研究和檢討，當局順應民意，在 2015 年重設中學文憑試中國語文科文言範文。

　　現代中文教育，應否涵蓋文言經典篇章？回顧過去，在特殊的歷史時空下，文言文曾經成為被打倒的對象。為了普及教育，解放思想，在推動語體文教育的同時，排斥文言文，本屬無可厚非。然而，將文言文視為陳腐之物，把文言文和語體文不必要地對立起來，也失

之矯枉過正。文言文和語體文其實一脈相承，千古傳誦的優秀文學作品均為「文質兼備」，其價值已超出作者所處的時代，能夠傳承文化，同時又與時俱進，去蕪存菁，古為今用。

文言文並非死去的文字，它充滿着中華文化的光輝與活力。誠如蘇文擢教授在《中文教與學之正確認知》一文中指出：「中國文學蘊含着豐富的文化特質而予讀者以性情品格上深厚的感染，中國文學就是中國文化的精華。」從中國數千年文學史中精選出來的文言範文，正是培育下一代的優質教材。透過諷誦佳作，陶冶性情，青少年自然能得到品德情意的薰染，增強對祖國歷史文化的認同，這些不正是現今香港有識之士所竭力提倡的嗎？

本書作者為資深語文教師，書中從詞、句到篇章，由淺入深地剖析文言文，先從香港教育局中學中國語文科的 45 篇範文中的例句點析，再增加大量文言例句及篇章分析，並梳理歸納文言備考資料，引導同學如何舉一反三，學會讀懂文言文，為文言文考試做足準備。通過本書，讀者可辨識文言虛詞、實詞，了解一詞多義、古今異義、通假字、偏義複詞、詞的活用等，並理解其意義及用法；從詞到句的過渡，歸納文言文常見的句式如判斷句、被動句、省略句、倒裝句等；進而掌握詞準、句順、意明三個文言翻譯的重點，打好文言語譯的基礎。本書確為打開古典文學寶庫的鑰匙，作者把金

針度人，教育意義重大，是以本人誠意向大家推薦這本
好書。

　　　　　　　　　施仲謀　教授
　　　　　　香港教育大學中國語言學系
　　　　　　2021 年 10 月 23 日

目錄

第一章

文言實詞

一詞多義

一詞多義是文言文學習中最普遍也最重要的一項。掌握一詞多義是我們閱讀文言文最重要的基礎。

要了解一詞多義的現象和規律，我們首先要對文言的「詞」有一個較全面的認識。一般情況下，文言文的一個「詞」常常有多個意義，這些意義往往由「詞」的本義和引申義構成。這種現象，我們稱之為多義詞或詞的多義性。

詞的本義就像樹的主幹，而詞的引申義就是從主幹上延伸的繁茂的枝椏。所以，詞的本義和引申義有着或近或遠、或顯或隱的聯繫。

那麼，我們可以用怎樣的辦法來掌握「詞」的本義和引申義呢？

一般情況下，判斷實詞一詞多義的方法有以下幾種：

一、通過分析字形結構來解釋詞語的本義

形聲字佔漢字總量的 80% 以上，其形旁的「形」為我們理解詞義提供了較好的方法和有利的條件。

如「史公治兵，往來桐城，必躬造左公第，候太公、太母起居，拜夫人於堂上」（《左忠毅公逸事》）中的

「造」，從它的形旁可以推測它的本義與「走」的意義有聯繫，再從這個句子的語境來考察，下文「左公第」是個「處所」，從而可以推知其本義應是「到」或「往」的意思。

又如「蜀之鄙有二僧，其一貧，其一富」（《為學》）中的「鄙」，從它的形旁可以推測它的本義與地域的意義有關係（邱、鄭、鄰、邯鄲等），再從這個句子的語境來推斷，可以得知它的意思是「邊境」。

二、利用相似的語言結構尋求詞語的正確意義

如「不積跬步，無以至千里；不積小流，無以成江海」（《勸學》）中的「跬步」與「小流」位置相對應，因此從「小流」可以推斷「跬步」即為小步、半步的意思。

如「憂勞可以興國，逸豫可以亡身」（《伶官傳序》）中的「憂勞」的意義容易理解，但是「逸豫」的意義就難以解釋。利用「憂勞」與「逸豫」相對應的關係，我們可以輕易地解讀「逸豫」的意思了，那就是「安逸享樂」。

再如「梅……以欹為美，正則無景」（《病梅館記》）中的「欹」，字形較冷僻，使用頻率小，僅從字的「形」上去理解詞的意義，似乎難以理解。但利用「欹」與「正」位置相對應的關係，我們就可以清晰地找到「欹」的意義是「不正」、「傾斜」。

又如「學而不思則罔，思而不學則殆」（《論語·為政》）中的「罔」，意思難以理解，但是我們從對應的字

「殆」看，就可以基本作出字義情感上的判斷，是「迷惑」的意思。

這類現象，在文言文的「互文」或「對偶」等修辭手法中較多出現。如：

「殫其地之出，竭其廬之入」，由「竭」可推知「殫」。

「信而見疑，忠而被謗」，由「被」可推知「見」。

「通五經，貫六藝」，由「通」推知「貫」。

三、借助漢語的語法結構來推斷詞語的意義

如「煙濤微茫信難求」（《夢遊天姥吟留別》）中的「信」。根據語法分析，「難求」是謂語，「信」在「難求」前起修飾作用，作狀語。再結合上下文的意義理解，就可以推知「信」的意思是「確實」、「實在」。

「楚王貪而信張儀」（《史記‧屈原列傳》）中的「信」。根據語法分析，「信張儀」是動賓結構，由此可以判斷「信」作動詞，結合語言環境推知「信」的意思是「相信」。

「信義著於四海」中的「信」。根據語法分析，「信義」在句子中作主語，主語一般由名詞或代詞充當，由此可以推知「信」和「義」都是名詞。結合語言環境可以推知「信」的意思是「信用」。

四、借助成語來推斷詞語的意義

成語大多是由古文中提煉出來的，一些意義也是相

似相近的。利用這一規律，我們可以借助成語的意義來推斷詞語的意義。如「腥臊並禦，芳不得薄兮」中的「薄」與「日薄西山」中的「薄」意思相同，都是「接近」；「至丹以荊卿為計，始速禍焉」中「速」的意思可以參考成語「不速之客」，於是可推出是「招致」的意思。

五、根據文章上下文的語言環境推知詞語的意義

這是掌握文言詞語意義的重要方法。如「令」字的多項意義就可以從上下文的語言環境中獲得。如「王使屈平為令，眾莫不知」一句中，「令」是「法令」的意思；「今者有小人之言，令將軍與臣有？」中的「令」則是「使」的意思；「年始十八九，便言多令才」中的「令」是「美好的」；「有華陰令欲媚上官」中的「令」是名詞「縣令」。

💡 考試提示

　　文言實詞中的一詞多義是由漢字字義的性質所決定的。我們知道一個詞常常有好幾個意義，我們稱之為多義詞或詞的多義性，也就是「一詞多義」。

　　一般情況下，《古漢語常用字字典》裏羅列的每一個字，都有幾個義項，其中第一個義項常常是這個詞的基本意義，也就是這個詞最早的意義，我們稱之為「本義」。其餘的數個義項都是由這個「本義」引申發展出來的，我們稱之為「引申義」。了解詞的本義是學習文言實詞的基礎和關鍵，因為所有的「引申義」都與「本義」有着或近或遠的關系，我們可以通過「本義」追本溯源，舉一反三。

　　文言實詞的「引申義」與「本義」的關係是有着基本規律的，其中比較重要的規律可以從「字形」中去尋找。比如，帶有「水」偏旁的字常常與「水」有着密切的關係；帶有「衣」偏旁的字常常與「衣服」相聯繫。由此我們在學習過程中，可以慢慢尋覓其中的一些基本規律，從而提高學習的效率。

　　在一般情況下，對文言實詞的考查重點往往在實詞的「引申義」上。

🔍 文言實詞小詞典（120 個）

1 愛 喜歡；憐惜；同情

❶ 愛護，體貼。如：愛其子，擇師而教之。（《師説》）

❷ 珍惜，愛惜。如：國事至此，予不得愛身……（《〈指南錄〉後序》）

❸ 喜愛。如：予獨愛蓮之出於淤泥而不染。（《愛蓮説》）

❹ 吝嗇，捨不得。如：百姓皆以為愛也，臣固知王之不忍也。（《孟子・齊桓晉文之事》）

2 安 安穩，安逸；安心，安身；安撫

❶ 用作形容詞，意為「安全」、「安定」、「安穩」。如：
A 然後得一夕安寢。（《六國論》）
B 主以尊安，國以富強。（《韓非子・和氏》）

❷ 用作動詞，意為「安心」、「安身」。如：
A 當今之世，大臣貪重，細民安亂。（《韓非子・和氏》）
B 衣食所安，弗敢專也。（《曹劌論戰》）

❸ 用作動詞，意為「安撫」。如：則宜撫安，與結盟好。（《赤壁之戰》）

【「安」的虛詞用法】

① 用作疑問副詞，出現在疑問句中，置於動詞之前，作狀語，相當於「怎麼」、「怎樣」。如：
A 君安與項伯有故？（《鴻門宴》）
B 安得廣廈千萬間。（《茅屋為秋風所破歌》）

② 用作疑問代詞，常用在疑問句中作賓語，置於動詞之前，相當於「甚麼」、「哪裏」。如：

　　A 沛公安在？（《鴻門宴》）

　　B 君謂計將安出？（《隆中對》）

3　**被**　蒙受；通「披」

❶ 用作動詞，意為「蒙受」、「遭受」、「受到」。如：

　　A 忠而見疑，信而被謗。（《屈原列傳》）

　　B 妝成每被秋娘妒。（《琵琶行》）

　　C 成歸，聞妻言，如被冰雪。（《促織》）

❷ 通「披」，意為「披着」、「佩戴」、「穿戴」。如：

　　A 被髮行吟澤畔。（《屈原列傳》）

　　B 被明月兮珮寶璐。（《涉江》）

　　C 將軍身被堅執銳。（《陳涉世家》）

4　**拜**　授官；叩拜，呈送；就任（接受官職）

❶ 用作動詞，意為「授官」。如：

　　A 拜為上卿。（《廉頗藺相如列傳》）

　　B 公車特徵拜郎中。（《張衡傳》）

❷ 用作動詞，意為「叩拜」。如：拜送書於庭。（《廉頗藺相如列傳》）

❸ 用作動詞，意為「就任」。如：於是辭相印不拜。（《〈指南錄〉後序》）

5　**本**　根源；與「末」相對，推本求源；冊，份

❶ 用作名詞，意為「根本（的東西）」、「基礎（的東西）」、「根源」、「來源」。如：

　　A 本末倒置。（成語，原意為「樹根」，這裏引申為「根本的」、「主要的」。）

B 今背本而趨末。(《論積儲疏》,「本」在這裏引申為「農業」,「末」在這裏引申為「工商業」。)

C 其大本擁腫而不中繩墨。(《逍遙遊》,「本」在這裏指的是草木的莖幹。)

❷ 用作動詞,意為「推本求源」。如:抑本其成敗之跡,而皆自於人歟?(《伶官傳序》)

❸ 用作量詞,相當於現代漢語作量詞的「本」,或可根據實際情況譯為「冊」、「份」等。如:

A 別具本章。(《獄中雜記》,份。)

B 若印數十百千本,則極為神速。(《活板》,冊。)

【「本」的虛詞用法】

副詞,意為「原本」、「本來」。如:

A 用芽者自從本說……(《采草藥》,原本。「本說」是指「原來的說法」。)

B 本圖宦達,不矜名節。(《陳情表》,本來。)

6 鄙 邊境,偏僻的地方;粗俗,鄙陋

❶ 用作名詞。如:

A 蜀之鄙有二僧。(《為學》)

B 越國以鄙遠,君知其難也。(《燭之武退秦師》,「鄙」在此活用為意動詞,意為「以……為邊境」。「以鄙遠」意即「越過晉國把遠方的鄭國作為秦國東部的邊境」。)

❷ 用作形容詞,意為「庸俗」、「淺陋」、「地位低下」、「目光短淺」等。如:

A 人賤物亦鄙。(《孔雀東南飛》)

B 肉食者鄙。(《曹劌論戰》)

C 先帝不以臣卑鄙。(《出師表》)

7 兵　兵器；士兵（軍隊）；軍事（戰爭）

❶ 兵器，武器。如：收天下之兵，聚之咸陽。（《過秦論》）

❷ 士兵，軍隊。如：
A 可汗大點兵。（《木蘭詩》，士兵。）
B 瑜得精兵五萬，自足制之。（《赤壁之戰》，軍隊。）

❸ 戰爭，軍事。如：
A 兵旱相乘……（《論積儲疏》，戰爭。）
B 則洛陽必先受兵。（《書洛陽名園記後》，戰爭。）

8 病　重病；勞累；害怕（憂慮）

❶ 用作名詞，意為「疾病」、「病殘」。如：
A 相如每朝時，常稱病，不欲與廉頗爭列。（《廉頗藺相如列傳》）
B 予購三百盆，皆病者，無一完者。（《病梅館記》）

❷ 用作動詞。
⑴ 怕，擔心，憂慮。如：君子病無能焉，不病人之不己知也。（《論語・衛靈公》）
⑵ 疲勞，困苦不堪。如：夫以疲病之卒，禦狐疑之眾，眾數雖多，甚未足畏。（《赤壁之戰》）
⑶ 名詞活用為使動詞，意為「使……成為病態」。如：以夭梅病梅為業以求錢也。（《病梅館記》）

❸ 用作形容詞，意為「憂愁」。如：將何往而非病。（《黃州快哉亭記》）

9 察　仔細看，觀察；引申為「潔白」

❶ 用作動詞。
⑴ 仔細看，觀察。如：徐而察之。（《石鐘山記》）
⑵ 考察，調查。如：察納雅言（《出師表》）
⑶ 看清楚，了解明白。如成語「明察秋毫」的「察」，

又如：故察己則可以知人，察今則可以知古。（《察今》）

(4) 推薦，選拔。如：郡察孝廉，州舉茂才。（《三國志‧吳主傳》）

❷ 雙音詞「察察」，原意為「看得清清楚楚」，引申為「潔白」，為形容詞。如：人又誰能以身之察察受物之汶汶者乎？（《屈原列傳》）

10 朝 早晨；朝見；朝廷

❶ 讀 zhāo，名詞，意為「早晨」。如成語「朝三暮四」、「朝氣蓬勃」，又如：
A 朝聞道，夕可死矣。（《論語‧里仁》）
B 朝服衣冠。（《鄒忌諷齊王納諫》）

❷ 讀 cháo，主要有兩個用法：
(1) 動詞，意為「朝見」、「朝拜」（專指臣見君），「拜見」、「拜訪」（泛指下對上或平級之間）。如：
A 弱國入朝。（《過秦論》，朝見。）
B 序八州而朝同列。（《過秦論》，「朝」在這裏活用為使動詞，意為「使（讓）……朝見（朝拜）」。）
C 臨邛縣繆為恭敬，日往朝相如。（《史記‧司馬相如列傳》，拜見、拜訪。）
(2) 名詞，意為「朝廷」、「朝代」。如：入朝見威王。（《鄒忌諷齊王納諫》，朝廷。）

11 稱 符合；表達；稱讚；借托

❶ 用作動詞，讀 chēng。
A 符合。如：稱心快意，幾家能夠？（《與妻書》）
B 表達。如：其稱文小而其指極大。（《屈原列傳》）
C 稱讚。如：左右未有所稱誦。（《毛遂自薦》）
D 借托。如：皆托忠烈之名，仿佛陳涉之稱項燕。（《梅花嶺記》）

❷ 用作動詞，讀 chèn，意思是「適合」、「符合」「。如：然遍地腥雲，滿街狼犬，稱心快意，幾家能？(《與妻書》)

❸ 用作名詞，讀 chèng，是指稱量輕重的器具。如：南門稱。《淮南子‧時則訓》

❹ 形容詞，讀 chèn，意思是「相當」、「相配」。如：令作詩，不能稱前時所聞。(《傷仲永》)

12 乘 驅馬拉車；登高；迎接；憑藉；量詞

❶ 用作動詞。
⑴ 乘坐（船，車），駕（車）。如：
A 獨與邁乘小舟，至絕壁下。(《石鐘山記》)
B 乘犢車，從吏卒，交遊士林。(《赤壁之戰》)
⑵ 趁着，憑藉。
A 因利乘便，宰割天下。(《過秦論》)
B 若夫乘天地之正，而御六氣之辯。(《逍遙遊》)
⑶ 迎接。如：自京師乘風雪，曆齊河。(《登泰山記》)

❷ 用作量詞，讀 shèng，古代一車四馬為一乘。如：
A 於是為長安君約車百乘。(《觸龍説趙太后》)
B 然而秦以區區之地，致萬乘之勢。(《過秦論》，「萬乘」原指「一萬輛（兵車）」，後在文言中常用來比喻天子的地位和權勢。)

❸ 用作數詞，意為「四」（古代一輛兵車配備四匹馬，因以引申為「四」）。如：以乘韋先，牛十二，犒師。(《左傳‧殽之戰》，「乘韋」指「四張牛皮」。)

13 誠 真心，不虛偽，引申為「誠實」、「真誠」

A 願陛下矜憫愚誠。(《陳情表》)
B 帝感其誠。(《愚公移山》)

【「誠」的虛詞用法】

① 作副詞，表確鑿語氣，可譯為「確實」、「的確」、「實在」
　 等。如：

　 Ａ 臣誠知不如徐公美。（《鄒忌諷齊王納諫》）

　 Ｂ 臣誠恐見欺于王而負趙。（《廉頗藺相如列傳》）

② 作副詞，表假設，可譯為「如果」、「果真」、「如果確實」
　 等。如：今將軍誠能命猛將統兵數萬，與豫州協規同
　 力，破曹必矣。（《赤壁之戰》）

14 除　宮殿的台階；整治；授官職

❶ 台階。如：黎明即起，灑掃庭除。（《顏氏家訓》）

❷ 消除，除掉。如：為漢家除殘去穢。（《赤壁之戰》）

❸ 整治，整理。如：即除魏閹廢祠之址以葬之。（《五人
　 墓碑記》）

❹ 拜官，授職，任命。如：除臣洗（xiǎn）馬。（《陳情表》）

15 辭　訴訟的口供；言辭；推辭；一種文體

❶ 用作名詞。

　⑴ 言詞，語言。如：其辭微，其志潔，其行廉。（《屈
　　 原列傳》）

　⑵ 託辭，藉口。如：動以朝廷為辭。（《赤壁之戰》）

　⑶ 命令。如：近者奉辭伐罪。（《赤壁之戰》）

　⑷ 古代一種詩體，與「賦」同類。

❷ 用作動詞。

　⑴ 推託，推辭，不接受。如「不辭辛勞」。又如：臣
　　 死且不避，卮酒安足辭。（《鴻門宴》）

　⑵ 告別，告辭，辭別，離開。如：

　　 Ａ 今者出，未辭也，為之奈何？（《鴻門宴》，告辭。）

　　 Ｂ 臣等不肖，請辭去。（《廉頗藺相如列傳》，離開。）

16 從 跟隨；順從；參與

❶ 動詞。

(1) 跟隨，跟着，跟從。如：

A 臣嘗從大王與燕王會於境上。(《廉頗藺相如列傳》)

B 其聞道也亦先乎吾，吾從而師之。(《師説》)

C 乘牛車，從吏卒。(《赤壁之戰》，這裏是使動用法，意為「使……跟從」、「(後面)跟着」。)

(2) 順從，聽從。如：臣從其計。(《廉頗藺相如列傳》)

(3) 傍着，挨着。如：樊噲從良坐。(《鴻門宴》)

(4) 參加，參與。如：弟走從軍阿姨死。(《琵琶行》)

❷ 通「縱」，特指「合縱」，即指戰國時南北六國聯合抗秦的聯盟。如：

A 於是從散約解，爭割地而賂秦。(《過秦論》，「從」作名詞，意為「合縱的盟約」。)

B 齊與楚從親……(《屈原列傳》，「從」作動詞，意為「結盟」。)

【「從」的虛詞用法】

用作介詞，表示方向、地點、時間，可以根據實際情況譯為「由」、「自從」、「在」等。如：問所從來。(《桃花源記》)

17 殆 危險

A 若非至於之門，則殆矣。(《秋水》)

B 知己知彼，百戰不殆。(《孫子兵法・謀攻》)

【「殆」的虛詞用法】

① 作副詞，表推測或不肯定，可譯為「大概」、「也許」、「恐怕」等。如：

A 軒凡四遭火，得不焚，殆有神護者。(《項脊軒志》)

B 殆與餘同。(《石鐘山記》)

② 作副詞，表接近，相差很少，可譯為「將近」、「幾乎」、「差不多」等。

A 且燕趙處秦革滅殆盡之際……（《六國論》）

B 進退不由，殆例送死。（《〈指南錄〉後序》）

18 當 相抵；面對；應當；適當

❶ 讀 dàng，動詞。

(1) 相抵。如：以一儀而當漢中地，臣請往如楚。（《屈原列傳》）

(2) 當作，算是。如：安步以當車。（《戰國策》）

❷ 讀 dāng，動詞。

(1) 抵擋，抵禦，阻擋。如：

A 非劉豫州莫可以當曹操者。（《赤壁之戰》）

B 以楚之強，天下弗能當。（《毛遂自薦》）

(2) 站着，立着。如：有大石當中流。（《石鐘山記》，立着。）

(3) 應當，應該。如：若因日出沒，當每日有常。（《潮汐》）

(4) 掌管，主持。如：北邀當國者相見。（《〈指南錄〉後序》）

❸ 讀 dàng，形容詞，意為「恰當」、「適合」。如：惴惴恐不當意。（《促織》）

【「當」的虛詞用法】

讀 dāng，用作虛詞，有兩種情況：

① 介詞，表動作行為發生的時間、地點、方位，可譯為「在」、「對」、「向着」等。如：

A 好雨知時節，當春乃發生。（《春望》）

B 當是時，項羽兵四十萬。（《鴻門宴》，在。）

② 副詞，表肯定或推斷，可譯為「就」、「必定」、「大概」等。如：

A 不久當歸還，還必相迎取。（《孔雀東南飛》，就。）

B 當獎率三軍，北定中原。(《出師表》，必定。)
C 原其理，當是為谷中大水衝激……(《石鐘山記》，大概。)

19 道　道路；規律；道理；講

❶ 用作名詞。

⑴ 道理，真理，規律。如：聞道百，以為莫己若者。(《秋水》)

⑵ 主張，學説，思想，道德，道義。如：

A 師者，所以傳道授業解惑也。(《師説》，思想、道德。)

B 得道多助，失道寡助。(《孟子・公孫醜下》，道義、王道、正確的政治措施。)

⑶ 方法（策略）。如：此其為饜足之道也。(《齊人有一妻一妾》)

❷ 用作動詞。

⑴ 趕路。如：晨夜兼道，比至南郡。(《赤壁之戰》)

⑵ 取道，經過。如：道海安，如皋，凡三百里。(《〈指南錄〉後序》)

⑶ 説，講，談論。如：

A 故壘西邊，人道是，三國周郎赤壁。(《念奴嬌・赤壁懷古》)

B 仲尼之徒無道桓文之事。(《孟子・齊桓晉文之事》，「無道」意為「沒有談論過」。)

20 得　獲得；得到；實現；得意

❶ 用作動詞。

⑴ 找到，抓到。如：得雙石於潭上。(《石鐘山記》)

⑵ 能夠，可以，應該。如：

A 予自度不得脫。(《〈指南錄〉後序》，能夠。)

B 君為我呼入，吾得兄事之。(《鴻門宴》，應該。)

❷ 用作名詞，意為「收穫」。如：冀有萬一之得。(《促織》)

❸ 用作形容詞。
　⑴ 對，正確，適合，如成語「相得益猿彰」，又如：此言得之。(《六國論》)
　⑵ 得意。如：士生於世，使其中不自得。(《黃州快哉亭記》)

【「得」的虛詞用法】
語氣助詞，起湊足音節作用，無義。如：阿母得聞之，槌牀便大怒。(《孔雀東南飛》)

21 度　量長短的標準；估計（考慮）；制度

❶ 讀 dù。
　⑴ 用作名詞，意為「制度」。如：內立法度，務耕織。(《過秦論》)
　⑵ 用作動詞，意為「考慮」和「度過」、「越過」。如：
　　A 死固付之度外矣。(《〈指南錄〉後序》)
　　B 一夜飛度鏡湖月（《夢遊天姥吟留別》，越過。）
　⑶ 用作量詞，意為「次」、「回」。如：歧王宅裏尋常燕，崔九堂前幾度聞。(《江南逢李龜年》)

❷ 讀 duó，動詞。
　⑴ 量長短。如：試使山東之國與陳涉度長絜大，比權量力。(《過秦論》)
　⑵ 推測，估計。如：相如度秦王特以詐佯為予趙城。(《廉頗藺相如列傳》)

22 奉　侍奉；率領；呈獻；通「捧」

❶ 動詞。
　⑴ 侍奉。如：逮奉聖朝。(《陳情表》)
　⑵ 率領。如：公幸教晞以道，恩甚大，願奉軍以從。(《段太尉逸事狀》)
　⑶ 呈獻。如：請奉盆缻秦王。(《廉頗藺相如列傳》)
　⑷ 通「捧」。如：沛公奉巵酒為壽。(《鴻門宴》)

23 復 回答；遮蓋；返回

❶ 動詞。
   ⑴ 回答。如：不敢出一言以復。(《送東陽馬生序》)
   ⑵ 恢復。如：師道之不復可知矣。(《師説》)

❷ 形容詞，意為「繁複」、「重複」。如：山重水復疑無路，柳暗花明又一村。(《遊山西村》)

❸ 通「覆」，動詞。
   ⑴ 遮蓋，掩蔽。如：復之以掌，虛若無物。(《促織》)
   ⑵ 翻過來。如：樊噲復其盾於地。(《鴻門宴》)

【「復」的虛詞用法】
副詞，表動作行為的重複或持續，可譯為「又」、「再」、「更」、「還」、「重新」等。如：能復飲乎？(《鴻門宴》)

24 負 辜負；背；依仗；失敗；承擔

❶ 辜負，對不起。如：吾上恐負朝廷，下恐愧吾師也。(《左忠毅公逸事》)

❷ 背(着)。如成語「負荊請罪」。又如：悉使羸兵負草填之。(《赤壁之戰》)

❸ 依仗。如：負其強。(《廉頗藺相如列傳》)

❹ 背棄，違背。如：誓天不相負。(《孔雀東南飛》)

❺ 與「勝」相對，意為「失敗」，此義與現代漢語同。如：故不戰而強弱勝負已判矣。(《六國論》)

❻ 承擔。如成語「忍辱負重」。又如：寧許以負其曲。(《廉頗藺相如列傳》)

25 蓋 遮蓋；勝過

❶ 遮蓋，掩蓋。如：枝枝相覆蓋，葉葉相交通。(《孔雀東南飛》)。

❷ 勝過，超過。如：英才蓋世，眾士仰慕。(《赤壁之戰》)

【「蓋」的虛詞用法】

① 副詞，用在句首，表下邊的話帶有推測性的斷定，相當於「大概」、「推想」的意思。如：蓋其又深，則至又加少矣。(《遊褒禪山記》)

② 連詞，連接上文，起說明原因的作用，也含有不十分確定的意思，可譯為「(大概是)因為」。如：然侍衛之臣不懈於內，忠志之士忘身於外者，蓋追先帝之殊遇，欲報之於陛下也。(《出師表》)

③ 發語詞。如：蓋亭之所見，南北百里，東西一舍。(《黃州快哉亭記》)

26 故 原因；交情；衰老；與「新」相對

❶ 名詞。

⑴ 原因，緣故。如：趙王豈以一璧之故欺秦邪？(《廉頗藺相如列傳》)

⑵ 朋友，交情。如：

A 君安與項伯有故？(《鴻門宴》)

B 故人具雞黍。(《過故人莊》，「故人」即「朋友」。)

C 溫故而知新。(《論語‧為政》，「故」在這裏活用為名詞，意為「舊的知識」。)

❷ 形容詞，與「新」相對，意為「舊」。如：

A 而從六國滅亡之故事。(《六國論》，「故事」即「舊例」。)

B 故國神游，多情應笑我，早生華髮。(《念奴嬌‧赤壁懷古》，「故國」即「舊地」。)

【「故」的虛詞用法】

① 用作連詞，表因果關係，可譯為「所以」、「因此」。有時用複音詞「是故」、「以故」來表達。如：

A 今事有急，故幸來告良。（《鴻門宴》）

B 是故弟子不必不如師，師不必賢于弟子。（《師說》）

② 用作副詞，有三種情況：一是表原先就是那樣，可譯為「本來」、「原來」、「從前」；二是表情況和原先一樣，可譯為「仍舊」、「仍然」；三是表有意這樣去做，用在動詞的前面，可譯為「故意」、「特意」、「特地」等意思。如：

A 此物故非西產。（《促織》，本來、原來。）

B 累官故不失州郡也。（《赤壁之戰》，仍舊。）

C 三日斷五匹，大人故嫌遲。（《孔雀東南飛》，仍舊。）

D 公子往，數請之，朱亥故不復謝。（《信陵君竊符救趙》，仍舊。）

27 顧　回頭看；顧念；探望；照顧

❶ 回頭看。如：於是荊軻就車而去，終已不顧。（《荊軻刺秦王》）

❷ 回來，與「返」同義。如：不復在位，使于齊，顧反。（《屈原列傳》）

❸ 看，望見。如：顧野有麥場。（《狼》）

❹ 探望，拜訪。如：先帝不以臣卑鄙，猥自枉屈，三顧臣於草廬之中。（《出師表》）

❺ 照顧，顧念，顧慮，關心。如：大行不顧細謹。（《鴻門宴》）

【「顧」的虛詞用法】

① 用作副詞，有兩種情況：一表出乎意料或加強反詰語氣，可譯為「不過」、「反而」、「難道」等；二表範圍，可譯為「只」、「僅僅」、「只不過」等。如：

A 人之立志，顧不如蜀鄙之僧哉！（《為學》，反而、難道。）

B 顧念蓄劣物終無所用。(《促織》，只是、只不過。)

② 用作連詞，表轉折，可譯為「但」、「但是」等。如：顧吾念之，強秦之所以不敢加兵於趙者……(《廉頗藺相如列傳》)

28 固 堅固 (堅固的地方)；鄙陋

❶ 固執，頑固。如：獨夫之心，日益驕固。(《阿房宮賦》)

❷ 堅固，堅固的地方。如：
A 秦數敗趙軍，趙軍固壁不戰。(《廉頗藺相如列傳》，堅固。)
B 秦孝公據崤函之固。(《過秦論》，堅固的地方。)

❸ 鄙陋。如：鄙人固陋，不知忌諱。(《上林賦》)

【「固」的虛詞用法】
用作副詞，有幾種情況：

① 表本來如此或理應如此，可譯為「本來」、「原來」、「一向」、「確實」等。如：
A 其聞道也固先乎吾。(《師說》，本來。)
B 斯固百世之遇也。(《五人墓碑記》)

② 表態度堅決，可譯為「一定」、「堅決」等。如：藺相如固止之。(《廉頗藺相如列傳》)

③ 表追根尋底，可譯為「究竟」等。如：輕重固何如哉？(《五人墓碑記》)

④ 用作連詞，同「故」，表結果，可譯為「所以」、「因此」等。如：餘固笑而不信也。(《石鐘山記》)

29 歸 女子出嫁；歸還；歸附

❶ 女子出嫁。如：後五年，吾妻來歸，時至軒中。(《項脊軒志》)

❷ 回家（國），回到，回來。如：

　　Ａ 相如既歸……（《廉頗藺相如列傳》）

　　Ｂ 將軍百戰死，壯士十年歸。（《木蘭詩》）

❸ 返回，退回，送回。如：臣請完璧歸趙。（《廉頗藺相如列傳》）

❹ 歸附，歸屬。如：

　　Ａ 江表英豪，咸歸附之。（《赤壁之戰》）

　　Ｂ 噫！微斯人，吾誰與歸？（《岳陽樓記》）

❺ 聚集，匯集。如：眾士仰慕，若水之歸東海。（《赤壁之戰》）

30　國　國家，國都；泛指「地方」

❶ 國都，京城。如：

　　Ａ 登斯樓也，則有去國懷鄉。（《岳陽樓記》）

　　Ｂ 國破山河在，城春草木深。（《望嶽》）

❷ 泛指「地方」、「地域」。如：

　　Ａ 逝將去女，適彼樂國。（《詩經・碩鼠》）

　　Ｂ 荊州與國鄰接。（《赤壁之戰》）

31　過　超過；經過；拜訪；責備；指出錯誤；過失

❶ 動詞。

　⑴ 超過。如：一出門，裘馬過世家焉。（《促織》）

　⑵ 經過。如：雷霆乍驚，宮車過也。（《阿房宮賦》）

　⑶ 拜訪，探望。如：故山殊可過。（《山中與裴秀才迪書》）

　⑷ 責備。如：聞大王有意督過之……（《鴻門宴》）

❷ 用作名詞，意為「過錯」、「過失」。如：

　　Ａ 能面刺寡人之過者，受上賞。（《鄒忌諷齊王納諫》）

　　Ｂ 君過矣，不若長安君之甚！（《觸龍說趙太后》）

32 號 大聲喊叫（哭叫）；別號（國號）；稱呼

❶ 讀 háo，大叫，呼嘯。如：陰風怒號。（《岳陽樓記》）

❷ 別號。如：故自號曰醉翁也。（《醉翁亭記》）

❸ 國號。如：號為張楚。（《陳涉世家》）

❹ 稱呼。如：故鄉人號之駝。（《種樹郭橐駝傳》）

33 恨 怨恨；遺憾

❶ 怨恨。如：未嘗不歎息痛恨於桓、靈也。（《出師表》）

❷ 遺憾。如：此三者，吾遺恨也。（《伶官傳序》）

34 還 返回；通「環」

❶ 撤回，返回。如：
A 封閉宮室，還軍霸上。（《鴻門宴》）
B 興復漢室，還於舊都。（《出師表》）

❷ 讀 xuán，意為「回轉」、「掉轉」。如：居十日，扁鵲
見桓侯而還走。（《扁鵲見蔡桓公》）

35 患 擔憂（顧忌）；憂慮（禍患）

❶ 動詞，意為「擔憂」、「憂慮」。如：欲勿予，即患秦兵
之來。（《廉頗藺相如列傳》）

❷ 名詞，意為「憂患」、「災禍」。如：
A 此數者用兵之患也。（《赤壁之戰》）
B 故君之所以患於軍者三。（《謀攻》，這裏活用為動
詞，意為「危害」。）
C 防患於未然。

36 或　借為「惑」，意為「迷惑」、「迷失」

如：軍亡導，或失道，後大將軍。（《史記‧李將軍
列傳》）

【「或」的虛詞用法】

① 用作代詞，有時分指它前面已經出現過的人或物中的
一部分，有時泛指某人、某物或某種情況，可譯為「有
人」、「有的」、「某人」等。如：
A 或師焉，或不焉。（《師說》）
B 回視日觀以西峰，或得日或否。（《登泰山記》）
C 或曰：「六國互喪，率賂秦耶？」（《六國論》）

② 用作副詞，表不敢或不能肯定，可譯為「或許」、「也
許」、「可能」等。如：予嘗求古仁人之心，或異二者
之為。（《岳陽樓記》）

③ 用作連詞，表兩種（或以上）情況可供選擇或者動作行
為的交替發生，可譯為「或者」、「有時」等。如：人或
益之，人或損之，胡可得而法？（《察今》）

37 疾　病（指一般的病）；通「嫉」（厭惡）；急速；雄
壯（猛烈）

❶ 動詞，意為「痛恨」、「痛心」。如：屈平疾王聽之不聰
也⋯⋯（《屈原列傳》）

❷ 通「嫉」，意為「嫉妒」、「厭惡」。如：龐涓恐其賢於己，
疾之。（《史記‧孫吳兵法》）

❸ 用作形容詞。
⑴ 急速。如：老臣病足，曾不能疾走。（《觸龍說趙
太後》）
⑵ 猛烈。如：順風而呼，聲非加疾也，而聞者彰。
（《勸學》）

38 及 追趕（上）；比得上；來得及；牽連

❶ 追趕。如：公使陽處父追之，及諸河，則在舟矣。（《殽之戰》）

❷ 比得上。如：
A 徐公何能及君也？（《鄒忌諷齊王納諫》）
B 今其智乃反不能及。（《師說》）

❸ 到，到達。如：及城裏，亦然。（《李愬雪夜入蔡州》）

❹ 牽連。如：一人飛升，仙及雞犬。（《促織》）

【「及」的虛詞用法】

① 用作介詞，有兩種情況：
  (1) 表示時間，可譯為「等到」、「到了」、「到……時候」、「在……時候」等。如：
  A 及捕入手，已股落腹裂。（《促織》，等到。）
  B 願及未填溝壑而托之。（《觸龍說趙太後》，在……時候。）
  (2) 表介紹出參與這一動作行為的次要物件，可譯為「跟」、「同」等。如：屈完及諸侯盟。（《左傳·僖公二十四年》）

② 用作連詞，用來連接並列的名詞和名詞短語，可譯為「和」、「並且」等。如：秦王大喜，傳以示美人及左右。（《廉頗藺相如列傳》）

39 即 接近（靠近）；就位

❶ 接近，靠近，走近。如成語「若即若離」、「可望而不可即」。

❷ 就位。如：吾初即位。（《史記·楚世家》）

【「即」的虛詞用法】

① 用作副詞，有三種情況：

(1) 表時間緊，可譯為「馬上」、「立刻」等。如：權即遣肅行。(《赤壁之戰》)

(2) 表在某種條件或情況下自然怎樣，可譯為「就」等。如：而奉行者即為定例。(《促織》)

(3) 用在判斷句中，起加強肯定，判斷語氣作用，可譯為「就是」、「便是」等。如：即今之傫然在墓者也。(《五人墓碑記》)

② 用作連詞，有兩種情況：

(1) 表時間相連或事理相因，可譯為「就」、「又」、「卻」等。如：欲勿予，即患秦兵之來。(《廉頗藺相如列傳》，又，卻。)

(2) 表假設，可譯為「如果」、「即使」等。如：即不幸有方二三千里之旱，國胡以相恤？(《論積貯疏》)

③ 用作介詞，表動作行為發生的時間、地點或條件，可譯為「在」、「就」、「就在」等。如：項伯許諾，即夜複去。(《鴻門宴》)

40 極　盡頭（極點）；疲憊；竭盡（享受）

❶ 盡頭，窮盡。如：此樂何極。(《岳陽樓記》)

❷ 盡，到。如：南極瀟湘。(《岳陽樓記》)

❸ 疲憊，困憊。如：故勞苦倦極，未嘗不呼天也。(《屈原列傳》)

❹ 竭盡（享受）。如：足以極視聽之娛，信可樂也。(《蘭亭集序》)

41 假　憑藉（利用）；寬容；通「借」

❶ 動詞，讀 jiǎ，意為「借」、「憑藉」。如：里胥猾黠，假此科斂丁口。(《促織》)

❷ 形容詞，讀 jiǎ，與「真」相對。如：乃悟前狼假寐，蓋以誘敵。(《狼》)

❸ 名詞，讀 jià，意為「假期」。如：府吏聞此變，因求假暫歸。（《孔雀東南飛》）

❹ 寬容。如：大臣犯法，無所寬假。（《魏世祖紀》）

42 間 門的縫隙，空隙（小路）；秘密地；夾雜

❶ 名詞，除了表「間隙」、「空隙」、「小路」意義時音為 jiàn，其他情況音皆為 jiān。
   ⑴ 中間，之間，裏面，當中。如：
   A 余則縕袍，敝衣處其間。（《送東陽馬生序》）
   B 且放白鹿青崖間。（《夢遊天姥吟留別》）
   C 一日之內，一宮之間……（《阿房宮賦》）
   ⑵ 期間。如：談笑間，檣櫓灰飛煙滅。（《念奴嬌·赤壁懷古》）
   ⑶ 一會兒（短時間）。如：少間，簾內擲一紙出。（《促織》，「少間」即「一會兒」。）
   ⑷ 讀 jiàn，間隙、空隙、小路。如：從酈山下，道芷陽間行。（《鴻門宴》，「間」在此活用為動詞，意為「抄小路」。）

❷ 動詞，讀 jiàn。
   ⑴ 參與，夾雜。如：
   A 肉食者謀之，又何間焉。（《曹劌論戰》，參與。）
   B 中間力拉崩倒之聲。（《口技》，「中」指「其中」，「間」為「夾雜」。）
   ⑵ 離間，挑撥。如：讒人間之，可謂窮矣。（《屈原列傳》）
   ⑶ 隔開，隔離。如：遂與外人間隔。（《桃花源記》）

❸ 量詞，讀 jiān。如：安得廣廈千萬間……（《茅屋為秋風所破歌》）

【「間」的虛詞用法】
副詞，讀 jiàn，可譯為「間或」、「斷斷續續」。如：數月之後，時時而間進。（《鄒忌諷齊王納諫》）

43 見　看見 (拜見)；會見 (召見)；通「現」

❶ 動詞。

(1) 拜見，求見，用於下對上。如：於是入朝見威
王……（《鄒忌諷齊王納諫》）

(2) 接見，召見，會見，用於上對下。如：秦王坐章台
見相如。（《廉頗藺相如列傳》）

(3) 見面，用於一般關係間相見。如：移船相近邀相
見。（《琵琶行》）

(4) 看清，看出。如：卒以此見楚王之終不悟也。（《屈
原列傳》）

❷ 名詞，意為「見識」、「見解」。如成語「真知灼見」、「見
多識廣」。

❸ 通「現」，有「表現」、「顯現」、「出現」和「引見」、「介
紹」等義。如：
A 舉類邇而見義遠。（《屈原列傳》，表現。）
B 風吹草低見牛羊。（《敕勒歌》，此處「見」通「現」，
意為「顯現」。）

【「見」的虛詞用法】

① 介詞，用在動詞前，表被動，可譯為「被」，有時同「於」
配合使用。如：臣誠恐見欺於王而負趙。（《廉頗藺相
如列傳》）

② 副詞，用在動詞前，表偏指一方，可譯為「我」。如：
生孩六月，慈父見背。（《陳情表》，「見背」意即「離
我而去」。）

44 解　分解動物的肢體；解釋；緩解 (消除)

❶ 動詞。

(1) 解脫，解開，解除。如：
A 急解令休止。（《促織》）

B 一舉解趙之圍。(《史記‧孫吳列傳》)

(2) 解釋。如：師者，所以傳道授業解惑也。(《師說》)

(3) 理解，懂得。如：惑而不從師，其為惑也，終不解矣。(《師說》)

(4) 緩解，緩和。如：太后之色少解。(《觸龍說趙太后》)

❷ 形容詞，通「懈」，意為「鬆弛」、「懈怠」。如：胡虜益解。(《史記‧李將軍列傳》)

45 就 接近（靠近）；接受；登上；成就

❶ 接近，靠近，趨向。如成語「避重就輕」，又如：金就礪則利。(《勸學》)

❷ 完成，到達。如：竟不能就。(《後漢書‧張衡傳》)

❸ 接受（刑罰）。如：臣請就湯鑊。(《廉頗藺相如列傳》)

❹ 登上。如：於是荊軻就車而去。(《荊軻刺秦王》)

❺ 「就職」意為「赴任」、「到任視事」。如：臣具表以聞，辭不就職。(《陳情表》)

【「就」的虛詞用法】
副詞。表時間緊，可譯為「立即」、「馬上」。如：斯須就斃。(《促織》)

46 舉 舉起；推舉；佔領；成功

❶ 舉起，抬起。如：范增數目項王，舉所佩玉玦以示者三。(《鴻門宴》)

❷ 推舉，選舉。如：後刺史臣榮，舉臣秀才。(《陳情表》)

❸ 攻下，佔領。如：南取漢中，西舉巴蜀。(《過秦論》)

❹ 舉例，列舉。如成語「舉一反三」。

❺ 拿，拿出來。如：舉以予人，如棄草芥。(《過秦論》)

❻ 成功。如：莫令事不舉。(《孔雀東南飛》)

【「舉」的虛詞用法】
副詞，用在動詞前，表在一定範圍內沒有例外，可譯為
「全」、「都」、「盡」、「整個」等。如：
A 大喜，籠歸，舉家慶賀。(《促織》)
B 殺人如不能舉。(《鴻門宴》)
C 包舉宇內。(《過秦論》)

47 **絕** 斷絕；橫渡 (水)

❶ 動詞。
⑴ 絕命，絕交，斷絕，截斷。如：
A 搶乎欲絕。(《促織》，絕命。)
B 若能以吳越之眾與中國抗衡，不如早與之絕。
(《赤壁之戰》，絕交。)
C 秦伏兵絕其後。(《屈原列傳》，截斷。)
⑵ 消失，停止。如：噌吰如鐘鼓不絕。(《石鐘山記》)
⑶ 渡，橫渡。如：假舟楫者，非能水也，而絕江河。
(《勸學》)

❷ 形容詞，用在名詞前，可視情況來譯。如：
A 真黃山絕勝處。(《游黃山記》，「絕勝處」即「風景
最好的地方」。)
B 士大夫終不肯以小舟泊絕壁之下。(《石鐘山記》，
「絕壁」即「極其陡峭的山崖」。)
C 率妻子邑人來此絕境。(《桃花源記》，「絕境」可譯
為「與外界隔絕的地方」。)

【「絕」的虛詞用法】
副詞，用作動詞或形容詞的前面，表程度深，可譯為
「最」、「極」、「盡」、「完全」等。如：而心目耳力俱窮，
絕無響蹤。(《促織》)

48 堪 勝任，經得起（忍受）；能夠

❶ 忍受，經得起，受得了。如：每念上既如此，下何以堪？（《游黃山記》）

❷ 可，能夠。如：憔悴損，如今有誰可摘？（李清照《聲聲慢》）

49 克 能夠；戰勝；克制；約定時間

❶ 勝利，戰勝，打敗。如：
A 吳中孫公兆奎以起兵不克。（《梅花嶺記》）
B 既克，公問其故。（《曹劌論戰》）

❷ 克制，約束。如成語「克己奉公」、「克己復禮」。

❸ 能，能夠。如：如其克諧，天下可定也。（《赤壁之戰》）

50 類 種類（事例）；類似

❶ 名詞。
⑴ 種類，同類。如：物各從其類也。（《勸學》）
⑵ 事例。如：舉類邇而見義遠。（《屈原列傳》）

❷ 動詞，意為「像」、「類似」。如：中繪殿閣，類蘭若。（《促織》）

51 憐 愛；憐憫（同情）

❶ 愛惜，憐愛，疼愛。如：丈夫亦愛憐其少子乎？（《觸龍說趙太后》）

❷ 憐憫，同情。如：可憐後主還祠廟。（《登樓》）

52 彌 長久；充滿

❶ 長久。如：曠日彌久而無益于理。（《鹽鐵論》）

❷ 滿，遍。如：舸艦彌津。（《滕王閣序》）

【「彌」的虛詞用法】
副詞，表程度越來越深，可譯為「更加」。如：
   A 芳菲菲其彌章。（《離騷》）
   B 奉之彌繁，侵之愈急。（《六國論》）

53 莫　日落的時候；通「漠」

❶「暮」的本字，指傍晚。如：至莫夜月明，獨與邁乘小
  舟，至絕壁下。（《石鐘山記》）

❷ 通「漠」。如：廣莫之野。（《莊子‧逍遙遊》）

【「莫」的虛詞用法】
① 用作代詞，表無指，排除一切物件，可譯為「沒有誰」、
  「沒有甚麼」等。如：王使屈平為令，眾莫不知。（《屈
  原列傳》）
② 用作副詞，表否定，可譯為「不」、「不要」等。如：
   A 莫若遣腹心自結於東。（《赤壁之戰》）
   B 初七及下九，嬉戲莫相忘。（《孔雀東南飛》）

54 難　困難（災難）；責問（反駁）

❶ 形容詞，讀 nán，意為「困難」、「不容易」。如：五萬
  兵難卒合。（《赤壁之戰》）

❷ 名詞，讀 nàn，意為「危難」、「災難」。如：然豫州新
  敗之後，安能抗此難乎？（《赤壁之戰》）

❸ 動詞，讀 nàn，意為「反駁」、「責問」。如：嘗與其父
  言兵事，奢不能難。（《廉頗藺相如列傳》）

55 內　內部（裏面）；通「納」

❶ 名詞。

(1) 內室，裏面，內部。如：

A 五步之內，相如請得以頸血濺大王矣！。（《廉頗藺相如列傳》）

B 內惑於鄭袖，外欺於張儀。（《屈原列傳》，「內」意為「內部」，在這裏指「在朝廷裏」，作狀語。）

(2) 內心，心裏。如：內懷猶豫之計。（《赤壁之戰》）

❷ 通「納」，意為「接納」、「放進」。如：距關，毋內諸侯。（《鴻門宴》）

56 期 限定（限定的時間）；期望；周（年、月）

❶ 動詞。

(1) 約定。如：以五年為期。（《病梅館記》）

(2) 期望，要求。如：是以聖人不期修古，不法常可。（《韓非子‧五蠹》）

❷ 名詞，讀 jī，意為「滿一年」或「滿一月」。如：期年之後，雖欲言，無可進者。（《鄒忌諷齊王納諫》）

57 奇 奇特（奇異），罕見；單數（與「偶」相對）

❶ 形容詞，意為「奇異」、「奇妙」。如：

A 天下之奇才。（《六國論》）

B 益奇之。（《促織》，「奇」在這裏活用為意動詞，意為「認為⋯⋯奇異」、「對⋯⋯感到驚奇」。）

❷ 名詞，讀 jī，表零數，可譯為「多」、「餘」。如：舟首尾約長八分有奇。（《核舟記》）

58 遷 遷移；調動官職（貶職，放逐）

❶ 遷移，轉移。如成語「見異思遷」

❷ 變化，改變。如：

A 齊人未嘗賂秦，終繼五國遷滅，何哉？（《六國論》）

B 情迻事遷，感慨系之矣。（《蘭亭集序》）

❸ 放逐，貶謫。如：頃襄王怒而遷之。（《屈原列傳》）

❹ 升職，高升。如：
　A 再遷為太史令。（《張衡傳》）
　B 賀卿得高遷。（《孔雀東南飛》）

59 請　謁見；拜見

❶ 請求，為……求情。如：文嬴請三帥。（《殽之戰》）

❷ 請示，詢問。如：諸將請所之。（《李愬雪夜入蔡州》）

【「請」的虛詞用法】
副詞，用在動詞前，表尊敬或希望，可不譯或譯為「請
求」。有兩種情況：

① 請別人做某事。如：寡人竊聞趙王好音，請奏瑟。（《廉
頗藺相如列傳》）

② 請允許（我）做某事。如：事急矣，請奉命求救於孫將
軍。（《赤壁之戰》）

60 窮　不得志；生活困難（困窘）；窮盡，窮究

❶ 形容詞。
　⑴ 盡，完結。如：而心目耳力俱窮。（《促織》）
　⑵ 困窘，處境艱難，（生活）窘迫。如：屈平正道直行，
　　竭忠盡智，以事其君，讒人間之，可謂窮矣！（《屈
　　原列傳》）
　⑶ 與「達」相對，意為「不得志」、「不顯達」。如：窮
　　則獨善其身，達則兼濟天下。（《孟子·盡心上》）

❷ 動詞，意為「窮盡」、「竭盡」、「窮究」。如：
　A 窮餘生之光陰以療梅也哉！（《病梅館記》，窮盡。）
　B 入深林，窮迴谿。（《始得西山宴遊記》，走到盡頭。）

61 去 距離；離開；除去

❶ 距離。如：去北軍二餘裏。（《赤壁之戰》）

❷ 離開。如：去國懷鄉。（《岳陽樓記》）

❸ 除去。如：為漢家除殘去穢。（《赤壁之戰》）

62 勸 勉勵（鼓勵）；勸說

❶ 鼓勵。如：且舉世而譽之而不加勸，舉世而非之而不加沮。（《逍遙遊》）

❷ 勸說。如：
A 勸君更進一杯酒，西出陽關無故人。（《渭城曲》）
B 懷王稚子子蘭勸王行。（《屈原列傳》）

63 卻 後退；推辭（拒絕）

A 相如因持璧卻立。（《廉頗藺相如列傳》）
B 後秦擊趙者再，李牧連卻之。（《過秦論》，「卻」在這裏活用為使動詞，意為「使……退卻」，也可譯為「打退」、「打敗」。）

64 如 往（到……地方去）；比得上；如同（譬如）

❶ 往，到……去。如：使使如秦受地。（《屈原列傳》）

❷ 及，趕上，此用法常在「如」前面帶有否定詞「不」，意為「比不上」，有時可不譯。如：
A 固不如也。（《鴻門宴》）
B 不如因厚遇之。（《廉頗藺相如列傳》）

❸ 像。如：如棄草芥。（《六國論》）

【「如」的虛詞用法】

① 連詞，表假設，可譯為「假如」、「如果」。如：如其克

諧，天下可定也。（《隆中對》）

② 與「何」連用，構成「何如」、「如……何」、「如……奈何」的格式，表詢問，相當於「怎麼樣」、「把……怎麼樣」。如：如太行王屋何？（《愚公移山》）

③ 複音詞「如是」，意為「如此」、「這樣」。如：聞道有先後，術業有專攻，如是而已。（《師說》）

65 若　像；及得上

❶ 及，比得上。如：曾不若孀妻弱子？（《愚公移山》，「不若」即「比不上」。）

❷ 如，像。如：門庭若市。（《鄒忌諷齊王納諫》）

【「若」的虛詞用法】

① 代詞，用作第二人稱，可譯為「你（們）」、「你（們）的」；有時與「屬」連用，意為「你們」。如：
　A 若毒之乎？（《捕蛇者說》）
　B 更若役，復若賦，則何如？（《捕蛇者說》）
　C 不者，若屬皆且為所虜。（《鴻門宴》）

② 連詞，表假設，可譯為「假如」、「如果」。如：
　A 若舍鄭以為東道主。（《燭之武退秦師》）
　B 若潛師以來，國可得也。（《殽之戰》）

③ 複音詞「至若」、「若夫」，都作句首語氣詞，表另起話題，可譯為「至於」、「如果說到」等，有時不便譯出。如：
　A 至若春和景明。（《岳陽樓記》）
　B 若夫霪雨霏霏。（《岳陽樓記》）

66 善　美好（友好、善良）；擅長

❶ 形容詞。
　⑴ 美，好，正確。如：

A 六國破滅，非兵不利，戰不善，弊在賂秦。(《六國論》)

B 王曰：「善！」(《鄒忌諷齊王納諫》)

C 盡善盡美

⑵ 友好。如：不如因善遇之。(《鴻門宴》)

❷ 動詞。

⑴ 擅長，善於。如：善假於物也。(《勸學》)

⑵ 親善，與⋯⋯交好。如：素善留侯張良。(《鴻門宴》)

67 少 不多，數量少；輕視

❶ 形容詞，讀 shǎo，意為「不多」、「數量少」。如：險以遠，則至者少。(《遊褒禪山記》)

❷ 動詞，讀 shǎo，意為「缺少」。如：自經喪亂少睡眠，長夜沾濕何由徹。(《茅屋為秋風所破歌》)

❸ 與「間」連用，讀 shǎo，構成「少間」，意為「一會兒」、「不久」。如：少間，簾內擲一紙出。(《促織》)

❹ 名詞，讀 shào，指「年輕人」。如：是故無貴、無賤、無長、無少。(《師說》)

【「少」虛詞用法】

用作副詞，讀 shǎo，表程度低，意為「稍微」、「略微」。如：太后之色少解。(《觸龍說趙太后》)

68 涉 趟水過河；經歷

❶ 渡（水）。如：

A 以小舟涉鯨波。(《〈指南錄〉後序》)

B 跋山涉水。

❷ 到，進入。如：園日涉以成趣。(《歸去來兮辭》)

69 勝 能承受；盡；勝利，勝過；優美（佳樂）

❶ 讀 shēng ，動詞，意為「禁得起」、「能承受」。如：
A 白頭搔更短，渾欲不勝簪。（《春望》）
B 沛公不勝杯杓，不能辭。（《鴻門宴》）

❷ 讀 shèng 。
(1) 動詞，意為「戰勝」、「取勝」。如：夫六國與秦皆諸侯，其勢弱於秦，而猶有可以不賂而勝之之勢。（《過秦論》）
(2) 動詞，意為「超過」、「勝過」。如：
A 此時無聲勝有聲。（《琵琶行》）
B 終不能加勝於趙。（《廉頗藺相如列傳》）
(3) 形容詞，意為「(風景)優美」。如：勝地不常。（《滕王閣序》）

❸ 通「升」，意為「高升」。如：卿當日勝貴。（《孔雀東南飛》）

【「勝」的虛詞用法】
副詞，表範圍，意為「盡」、「完全」。如成語「不勝枚舉」、「美不勝收」。又如：何可勝道也哉！（《遊褒禪山記》）

70 識 知道；懂得；記住

❶ 動詞，意為「知道」、「識別」。如：雁過也，正傷心，卻是舊時相識。（李清照《聲聲慢》）

❷ 讀 zhì ，動詞，意為「記」、「記住」。如：汝識之乎？（《石鐘山記》）

71 使 命令；出使；使者

❶ 動詞。
(1) 叫，讓，派遣。如：

A 遂命酒，使快彈數曲。(《琵琶行》)

　　B 乃使蒙恬北築長城而守藩籬。(《過秦論》)

　⑵ 奉使命，出使。如：

　　A 求人可使報秦者。(《廉頗藺相如列傳》)

　　B 下官奉使命，言談大有緣。(《孔雀東南飛》，「使命」即「出使的命令」。)

　⑶ 主使，指使。如：……周公之被逮所由使也。(《五人墓碑記》)

❷ 名詞，意為「使者」，即「出使的人」。如：使使如秦受地。(《屈原列傳》，前一個「使」意為「派」、「派遣」，後一個「使」意為「使者」。)

【「使」的虛詞用法】

連詞，表假設，可譯為「假使」、「如果」等。如：

　　A 嗟夫！使六國各愛其人，則足以拒秦。(《阿房宮賦》)

　　B 向使三國各愛其地，齊人勿附于秦，刺客不行……(《六國論》)

72 **是** 對的；正確；與「非」相對

覺今是而昨非。(《歸去來兮辭》)

【「是」的虛詞用法】

① 代詞，表近指或遠指，可譯為「這」、「那(裏)」。如：

　　A 張良是時從沛公。(《鴻門宴》)

　　B ……必死是間，余收爾骨焉！(《殽之戰》)

② 結構助詞，起說明賓語前置的作用，無實在含義，不譯。如成語「唯利是圖」、「唯命是從」。

③ 與「以」、「由」、「故」等詞連用，構成「是以」、「是故」、「由是」等固定結構，用作連詞，表結果，可譯為「所以」、「因此」等。如：

A 舉世混濁而我獨清，眾人皆醉而我獨醒，是以見放。(《屈原列傳》)

B 是故燕雖小國而後亡，斯用兵之效也。(《六國論》)

C ⋯⋯由是感激，遂許先帝以驅馳。(《出師表》)

73 適　到 (到⋯⋯去)；依照；適宜 (暢快)；女子出嫁

❶ 到⋯⋯去。如：余自齊安舟行適臨汝。(《石鐘山記》)

❷ 依照，順從。如：處分適兄意，那得自任專。(《孔雀東南飛》)

❸ 暢快。如：窮耳目之勝以自適也哉？(《黃州快哉亭記》)

❹ 享受。如：⋯⋯而吾與子之所共適。(《前赤壁賦》)

❺ 女子出嫁。如：貧賤有此女，始適還家門。(《孔雀東南飛》)

【「適」的虛詞用法】
副詞，表動作行為發生在不久前，可譯為「恰好」、「剛好」、「剛才」。如：

　A ⋯⋯而適類於予。(《愚溪詩序》，恰好。)

　B 適得府君書，明日來迎汝。(《孔雀東南飛》，剛才。)

74 書　寫 (信)；文字；書籍

❶ 動詞，意為「書寫」。如：秦御史前書曰⋯⋯ (《廉頗藺相如列傳》)

❷ 名詞。
　⑴ 書信。如：適得府君書，明日來迎汝。(《孔雀東南飛》)
　⑵ 書籍。如：彼童子之師，授之書而習其句讀者⋯⋯(《師說》)

❸「書生」，指讀書人，如：勃，三尺微命，一介書生。（《滕王閣序》）

75 **孰** 「孰」通「熟」，意為「精審」、「仔細」、「周詳」

A 明日，徐公來，孰視之。（《鄒忌諷齊王納諫》）
B 唯大王與群臣孰計議之。（《廉頗藺相如列傳》）

【「孰」的虛詞用法】
代詞，表疑問，可譯為「誰」、「甚麼」等；有時兼含比較、抉擇之意，可譯為「誰」、「哪一個」、「哪一樣」等；還常與「與」連用，構成「孰與」、「與……孰」等固定格式，表比較，可譯為「與……相比，誰（哪一個）……」等。如：
A 其孰能譏之乎？（《遊褒禪山記》，誰。）
B 與少樂樂，與眾樂樂，孰樂？（《莊暴見孟子》，哪一個。）
C 我孰與城北徐公美？（《鄒忌諷齊王納諫》，「孰「在這裏意為「與……相比，誰……」。）
D 孰與君少長？（《鴻門宴》）

76 **屬** 連接；委託；隸屬；囑託

❶ 動詞，讀 zhǔ。
⑴ 連接，連續。如：然亡國破家相隨屬……（《屈原列傳》）
⑵ 撰寫，寫作。如：屈平屬草稿未定。（《屈原列傳》）
⑶ 通「囑」，意為「囑咐」、「委託」。如：屬予作文以記之。（《岳陽樓記》）

❷ 動詞，讀 shǔ。
⑴ 隸屬，屬於。如：名屬教坊第一部。（《琵琶行》）
⑵ 邀請，勸請。如：舉酒屬客。《前赤壁賦》）

❸ 名詞，讀 shǔ，相當於「等」、「輩」、「類」，常與「吾」、

「若」、「之」等結合，表人稱複數，可譯為「我們」、「我
們這些人」、「你們」、「你們這些人」、「這些人」等。如：
Ａ吾屬今為之虜矣！（《鴻門宴》）
Ｂ若屬皆且為所虜。（《鴻門宴》）
Ｃ於是六國之士有甯越、徐尚、蘇秦、杜赫之屬為之
謀。（《過秦論》）

77 **數** 數目，數量；屢次

❶ 名詞，讀 shù，意為「命運」。如：
Ａ勝負之數，存亡之理，當與秦相較，或未易量。（《六
國論》）
Ｂ劫數難逃

❶ 數目，數量。如：願令得補黑衣之數。（《觸龍説趙
太后》）

❷ 動詞，讀 shǔ。
⑴ 查點（數目），計算（數目）。如：鬥艦乃以千數。
（《赤壁之戰》）
⑵ 列舉（罪狀），責備，指責。如：數呂師孟叔侄為逆
（《〈指南錄〉後序》）

【「數」的虛詞用法】
副詞，讀 shuò，表經常或多次，可譯為「屢次」等。如：
范增數目項王。（《鴻門宴》，「數目」可譯為「多次用眼
示意」。）

78 **率** 遵從（依循）；帶領

❶ 遵從，依循。如：此吾所以敢率性就死不顧汝也。（《與
妻書》）

❷ 用作動詞，意為「率領」、「帶領」。如：當獎率三軍，
北定中原。（《出師表》）

【「率」的虛詞用法】

① 表總括，可譯為「全」、「都」等。如：六國互喪，率略秦耶？（《六國論》）

② 表估計，可譯為「大概」。如：大率用根者。（《采草藥》，「大率」可譯為「大概」、「一般」。）

79 說　陳述，解釋（解說）；言論；通「悅」

❶ 動詞。

⑴ 讀 shuō，意為「陳述」、「訴說」、「解釋」。如：說盡心中無限事。（《琵琶行》）

⑵ 讀 shuì，意為「勸說」、「說服」。如：

A 範增說項羽曰……（《鴻門宴》）

B 亮見權於柴桑，說孫權曰……（《赤壁之戰》）

❷ 名詞，讀 shuō。

⑴ 說法，主張，言論。如：是說也，人常疑之。（《石鐘山記》）

⑵ 一種敘事兼議論的文體。

❸ 通「悅」，形容詞，意為「高興」、「愉快」、「歡喜」。

如：

A 秦伯說，與鄭人盟。（《燭之武退秦師》）

B 學而時習之，不亦說乎？（《論語・學而》）

80 私　私人的，自己的；偏私

❶ 與「公」相對。如：子布、元表諸人各顧妻子，挾持私慮，深失所望。（《赤壁之戰》）

❷ 偏愛，偏向，護私。如：

A 吾妻之美我者，私我也。（《鄒忌諷齊王納諫》）

B 不宜偏私，使內外異法也。（《出師表》）

【「私」的虛詞用法】
副詞，表暗中進行，可譯為「私下」、「私自」、「偷偷地」。如：項伯乃夜馳之沛公軍，私見張良。(《鴻門宴》)

81 素 (沒有染色的) 綢子；本來 (向來)

❶ 名詞，意為「白絹」。如：十三能織素。(《孔雀東南飛》)

❷ 形容詞，意為「樸素」、「不加修飾的」。如：可以調素琴，閱金經。(《陋室銘》)

【「素」的虛詞用法】
副詞，表原有的情況或時間上前後一貫，可譯為「本來」、「向來」、「平時」等。如：
　A 且相如素賤人，吾羞，不忍為之下。(《廉頗藺相如列傳》)
　B 素善留侯張良。(《鴻門宴》)

82 湯 熱水，沸水；湯藥

❶ 熱水。如：臣請就湯鑊。(《廉頗藺相如列傳》)

❷ 湯藥，即「中藥湯劑」。如：臣侍湯藥，未嘗廢止。(《陳情表》)

❸ 專有名詞，指商代第一個君子。如：上稱帝嚳，下道齊桓，中述湯武，以刺世事。(《屈原列傳》)

❹ 雙音詞「湯湯」，讀 shāng，形容詞，指大水急流的樣子。如：浩浩湯湯，橫無際涯。(《岳陽樓記》)

83 涕 眼淚；哭泣

❶ 名詞，意為「眼淚」。如：今當遠離，臨表涕零，不知所云。(《出師表》)

❷ 動詞，意為「哭泣」。如：兒涕而去。(《促織》)

84 徒 徒黨；被罰服勞役者

❶ 意為「同一類的人」，常與「之」連用，構成「之徒」，可譯為「這些人」。如：
  A 郯子之徒，其賢不及孔子。(《師說》)
  B 仲尼之徒，無道桓文之事。(《孟子·齊桓晉文之事》)

❷ 意為「被罰服勞役的人」。如：陳涉……遷徙之徒也。(《過秦論》)

【「徒」的虛詞用法】

① 表沒有效果，可譯為「空」、「白白地」等。如：
  A 欲予秦，秦城恐不可得，徒見欺。(《廉頗藺相如列傳》)
  B 徒勞無益

② 表限制，可譯為「只」、「僅僅」、「只不過」等。如：相如徒以口舌為勞。(《廉頗藺相如列傳》)

85 亡 逃跑；丟失；滅亡

❶ 逃跑。如：亡去無義。(《鴻門宴》)

❷ 逃難，避難。如：臣嘗有罪，竊計欲亡走燕。(《廉頗藺相如列傳》)

❸ 丟失，失去。如：
  A 諸侯之所亡與戰敗而亡者……(《六國論》)
  B 亡羊補牢

❹ 死亡，滅亡。如：
  A 今劉表新亡。(《赤壁之戰》)
  B 是故燕雖小而後亡。(《六國論》)

【「亡」的虛詞用法】
同「無」，可譯為「沒有」。如：河曲智叟亡以應。(《愚公移山》)

86　王　帝王；稱王

❶ 名詞，讀 wáng，意為「帝王」。如：魏王貽我大瓠之種。(《逍遙遊》)

❷ 動詞，讀 wàng，意為「稱王」、「統一天下」。如：
　A 沛公欲王關中。(《鴻門宴》)
　B 今王與百姓同樂，則王矣。(《莊暴見孟子》，第一個「王」為名詞，意為「君王」；第二個「王」為動詞，意為「統一天下」。)

87　望　期望(希望)；觀賞；名望；農曆每月十五

❶ 動詞。
　⑴ 盼望，期望。如：
　　A 日夜望將軍至，豈敢反乎？(《鴻門宴》)
　　B 子布、元表諸人各顧妻子，挾持私慮，深失所望。(《赤壁之戰》)
　⑵ 遠望。如：吏望見瑜船。(《赤壁之戰》)

❷ 名詞。
　⑴ 名望，聲望，威望。如：
　　A 先達德隆望尊，門人弟子填其室。(《送東陽馬生序》，「德隆望尊」意為「道德高，名望大」。)
　　B 德高望重
　⑵ 念頭，願望。如：……以絕秦望。(《廉頗藺相如列傳》)

❸ 指月滿盈時，即農曆的每月十五日，下一日則稱為「既望」。如：
　A 予猶記周公之被逮，在丁卯三月之望。(《五人墓碑記》)
　B 壬戌之秋，七月既望。(《赤壁賦》)

88 惡 罪惡,與「善」相對;醜陋,與「美」相對;討厭

❶ 形容詞,意為「壞」、「不好」。如:嬌兒惡臥踏裏裂。(《茅屋為秋風所破歌》,「惡臥」意指「睡相不好」。)

❷ 動詞,讀 wù,意為「討厭」、「憎惡」。如:表惡其能而不能用也。(《赤壁之戰》,例句譯為「劉表嫉妒他〔劉備〕的才能,因而不重用他。」)

【「惡」的虛詞用法】
用作虛詞時讀 wù,有兩種情況。

① 疑問代詞,表詢問,可譯為「甚麼」、「哪裏」等。如:
學惡乎始,惡乎終。(《勸學》)

② 疑問副詞,表反詰,可譯為「怎麼」。如:
A 天下惡乎定?(《孟子·見梁襄王》)
B 彼惡知之?(《孟子·梁惠王上》)

89 微 細小;隱蔽;深奧;衰敗。

❶ 小,細小,(名位)低下。如:
A 曹操比於袁紹,則名微而眾寡。(《赤壁之戰》)
B「微波入焉」、「微風鼓浪」(《石鐘山記》)

❷ 精妙,含蓄。如:其文約,其辭微,其志潔,其行廉。(《屈原列傳》)

❸ 模糊,隱約。如:煙波微茫信難求。(《夢遊天姥吟留別》,例句譯為「波濤渺茫,煙雲繚繞,實在難以找到。」)

❹ 衰敗。如:周室卑微,諸侯相並。(《李斯列傳》)

【「微」的虛詞用法】
用作副詞,有兩種情況:

① 表程度輕或動作行為的隱秘,可譯為「稍微」、「略微」、「暗中」、「悄悄地」等。如:

A 見其發矢十中八九，但微頷之。（《賣油翁》，「微頷之」意為「稍微點了點頭」。）

B 微察公子，公子顏色愈和。（《信陵君竊符救趙》，「微察」意為「偷偷地觀察」。）

② 表否定，可譯為「不」、「沒有」等，有時表否定假設，可譯為「要不是」、「如果沒有」等。如：

A 微獨趙，諸侯有在者乎？（《觸龍說趙太后》，例句譯為「不只是趙國，其他諸侯的子孫封侯的還有存在的嗎？」）

B 微斯人，吾誰與歸！（《岳陽樓記》）

C 微夫人之力不及此。（《燭之武退秦師》，「微夫人」意指「如果沒有那人」。）

90 賢 學問（修養，有才能者）；勝過

❶ 有學問者，有才能的。如：刻唐賢今人詩賦於其上。（《岳陽樓記》）

❷ 勝過，超過。如：賢於材人遠矣。（《傷仲永》）

91 相 審察；容貌；輔助；官位

❶ 動詞，意為「幫助」、「輔助」。如：至於幽暗昏惑而無物以相之，亦不能至也。（《遊褒禪山記》）

❷ 名詞。

　(1) 相貌，命相。如：兒已薄祿相。（《孔雀東南飛》）

　(2) 宰相，丞相。如：沛公欲王關中，使子嬰為相。（《鴻門宴》）

【「相」的虛詞用法】

　副詞，讀 xiāng，有兩種情況：

① 表彼此相互對待的行為，可譯為「互相」。如：

A 「相見常日稀」、「枝枝相覆蓋」、「葉葉相交通」、「仰頭相向鳴」（《孔雀東南飛》）

B 巫醫樂師百工之人，不恥相師。（《師說》）

② 表動作雙方偏指一方，有指稱作用，可視情況譯為
「你（們）」、「我（們）」、「他（們）」、「它（們）」等。如：
A 便可白公姥，及時相遣歸。（《孔雀東南飛》，「相遣
歸」意指「打發我」。）
B 幸可廣問訊，不得便相許。（《孔雀東南飛》，「相許」
意指「答應你」。）

92 **謝** 道歉；推辭（辭別）；感謝；告訴；凋落

❶ 謝絕，辭別。如：
A 阿母謝媒人。（《孔雀東南飛》）
B 張良入謝。（《鴻門宴》，「入謝」意為「進去告辭」。）

❷ 請罪，道歉。如：
A 旦日不可不蚤自來謝項王。（《鴻門宴》，「謝項王」
意為「向項王請罪」。）
B 秦王恐其破璧，乃辭謝。（《廉頗藺相如列傳》，「辭
謝」意為「致辭道歉」。）

❸ 告訴，勸告。如：多謝後世人，戒之慎勿忘。（《孔雀
東南飛》，「多謝」意為「多多勸告，再三勸告」。）

❹ 感謝。如：則與鬥卮酒，噲拜謝。（《鴻門宴》）

❺ 衰亡，凋零。如「新陳代謝」。

93 **信** 使者；誠實；相信

❶ 使者。如：自可斷來信，徐徐更謂之。（《孔雀東南飛》）

❷ 形容詞，意為「誠實」、「忠誠」、「守信」。如：主忠信
（《論語・學而》）

❸ 動詞，意為「相信」。如：
A 餘固笑而不信也。（《石鐘山記》）
B 疏屈平而信上官大夫。（《屈原列傳》，這裏「信」可

進一步引申為「親近」、「寵愛」之意。）

【「信」的虛詞用法】

① 表隨便，可譯為「隨意」、「隨便」。如：低眉信手續續
彈。（《琵琶行》）

② 表確鑿，可譯為「實在」、「確實」、「的確」等。如：煙
波微茫信難求。（《夢遊天姥吟留別》）

94 興　起來（產生，發生）；發動（振興）；興旺

❶ 興起，發生。如：積土成山，風雨興焉。（《勸學》）

❷ 發動。如：
A 懷王大怒，大興師伐秦。（《屈原列傳》）
B 興師動眾

❸ 興辦，創辦，復興，振興。如：
A 憂勞可以興國，逸豫可以亡身。（《伶官傳序》，「興」
為形容詞，意為「興旺」、「興盛」，在此活用為使
動詞。）
B 百廢待興

95 行　道路；行走；行列；品行（行為）；一種詩體

❶ 動詞，讀 xíng。
⑴ 運行。如：日月之行，若出其中。（《觀滄海》）
⑵ 行走。如：屈原至於江濱，被發行吟澤畔。（《屈原
列傳》）
⑶ 行動，執行，奉行。如：
A 而操皆冒行之。（《赤壁之戰》）
B 余嘉其能行古道。（《師說》，「行古道」意為「奉
行古人求師之道」。）
C 行之有效

❷ 名詞。
⑴ 讀 xíng，意為「品行」、「品德」。如：

Ａ ……則知明而行無過矣。（《勸學》）

Ｂ 其辱人賤行，視五人之死，輕重固何如哉？（《五
人墓碑記》）

⑵ 讀 xíng，一種古詩體，屬歌行雜體。如：《琵琶行》。

⑶ 讀 háng，古代軍隊編制，二十五人為一行。如：（陳
涉）躡足行伍之間。（《過秦論》）

【「行」的虛詞用法】

副詞，讀 xíng，可譯為「將要」、「即將」。如成語「行將
就木」。又如：羨萬物之得時，感吾生之行休。（《歸去
來兮辭》，「行休」意指「即將完結」。）

96 幸　幸運，寵愛；特指皇帝到某處去；希望

❶ 動詞。

⑴ 寵愛，寵信。如：而君幸於趙王。（《廉頗藺相如
列傳》）

⑵ 特指皇帝到某處，可譯為「駕臨」、「來到」。如：
縵立遠視，而望幸焉。（《阿房宮賦》）

⑶ 慶倖。如成語「幸災樂禍」。

【「幸」的虛詞用法】

副詞。有兩種情況：

① 表情態，可譯為「僥倖」、「幸虧」、「幸好」。如：

Ａ ……則幸得脫矣。（《廉頗藺相如列傳》）

Ｂ 今事有急，故幸來告良。（《鴻門宴》）

② 表尊敬，相當於「希望」，有時不必譯出。如：

Ａ 冀幸君之一悟，俗之一改也。（《屈原列傳》，「冀幸」
意指「希望」。）

Ｂ 大王亦幸赦臣。（《廉頗藺相如列傳》，可不譯。）

97 修　修飾，修建（整治）；表示；高（長）；美好

❶ 動詞。

(1) 修理，製造。如：修守戰之具。(《過秦論》)

(2) 表示。如：嚴大國之威以修敬也。(《廉頗藺相如
列傳》，「修敬」意指「表示尊敬」。)

❷ 形容詞。

(1) 好，美好。如：余獨好修以為常。(《離騷》，「好修」
意指「愛美」，此喻修身養性。)

(2) 長，高。如：鄒忌修八尺有餘。(《鄒忌諷齊王
納諫》)

98 徐 慢步 (慢慢地) 意為「緩慢」、「慢慢地」。如：

A 清風徐來，水波不興。(《前赤壁賦》)
B 徐而察之。(《石鐘山記》)

99 許 答應 (應允)；處所

❶ 贊同，贊許。如：雜然相許。(《愚公移山》)

❷ 相信。如：明足以察秋毫之末，而不見輿薪，則王許
之乎？(《孟子‧齊桓晉文之事》)

❸ 期望，期許。如：塞上長城空自許，鏡中衰鬢已先斑。
(《書憤》，例句譯為「想成為鎮守邊塞的將領的願望已
成了空期許，因為從鏡中我看到了自己的雙鬢已經斑
白了。」)

❹ 處所。如：先生不知何許人也。(《五柳先生傳》)

100 陽 山南水北；溫暖；假裝

❶ 指山的南面或水的北面，與「陰「相對 (陰，指山的北
面或水的南面)。如：臣本布衣，躬耕於南陽。(《出
師表》南陽，為今河南、湖北、陝西三省交界處，因其
地理位置在伏牛山以南，漢水以北為名。)

❷ 形容詞，意為「溫暖」。如：陽春布德澤，萬物生光輝。

（《長歌行》）

❸ 動詞，意為「假裝」。如：皆陽應曰：「諾」。（《記王忠
肅公翱事》）

101 要 邀請；約定

動詞，讀 yāo。

(1) 同「邀」，意為「邀請」。如：便要還家，設酒、殺
雞、作食。（《桃花源記》）

(2) 約定。如：雖與府吏要，渠會永無緣。（《孔雀東
南飛》）

102 宜 合適（適宜）；應該

❶ 合適。如：

A 若把西湖比西子，淡妝濃抹總相宜。（《飲湖上初晴
後雨》）

B 因地制宜

❷ 用作能願動詞，意為「應該」、「應當」。如：今大王亦
宜齋戒五日。（《廉頗藺相如列傳》）

103 遺 遺失，拋棄；送給

❶ 遺留，留下。如：

A 至唐李渤始訪其遺蹤。（《石鐘山記》）

B 惠文、武、昭襄蒙故業，因遺策。（《過秦論》）

❷ 讀 wèi，意為「送」、「送給」、「贈送」。如：

A 秦昭王聞之，使人遺趙王書……（《廉頗藺相如
列傳》）

B 留待作遺施。（《孔雀東南飛》）

104 貽 贈送，遺留。如：

A 貽害無窮

B 貽笑大方

C 作《師說》以貽之。(《師說》)

105 易　交換；改變；容易；輕視

❶ 動詞。

  (1) 換，交換。如：願以十五城請易璧。(《廉頗藺相如列傳》)

  (2) 變，改變。如：

  A 縉紳而能不易其志者，四海之大，有幾人歟？(《五人墓碑記》)

  B 移風易俗

❷ 形容詞，意為「容易」、「輕易」。如：

  A 當與秦相較，或未易量。(《六國論》)

  B 凡事商議停當而行，不可輕易。(《赤壁之戰》)

106 陰　與「陽「相對，山北水南；昏暗；暗中

❶ 名詞。

  (1) 指山的北面或水的南面。如：

  A 泰山之陽，汶水西流；其陰，濟水東流。(《登泰山記》)

  B 冀之南，漢之陰，無壟斷焉。(《愚公移山》，「漢之陰」意指「漢水的南岸」。)

  (2) 陰天。如：朝暉夕陰，氣象萬千。(《岳陽樓記》)

❷ 形容詞。

  (1) 暗中。如：孫臏以刑徒陰見，説齊使。(《史記·孫吳列傳》)

  (2) 昏暗，陰暗。如：浮雲為我陰。(《竇娥冤》)

107 右　方位；曲折；贊助

❶ 表方位，與「左」相對。如：然視其左右，來而記之者已少。(《遊褒禪山記》)

❷ 上位。如：位在廉頗之右。（《廉頗藺相如列傳》）

❸ 曲折。如：溯洄從之，道阻且右。（《蒹葭》）

❹ 贊助。如：右韓而左魏。（《戰國策》）

108 再　兩次；數量詞，第二次

❶ 表基數，意為「兩」、「兩次」。如：
　　A 問者爇香於鼎，再拜。（《促織》，「再拜」意為「拜兩拜」。）
　　B 秦擊趙者再。（《六國論》）

❷ 表序數，意為「第二次」。如：一鼓作氣，再而衰，三而竭。（《曹劌論戰》）

109 造　到（到……去）；制定（製造）；成就

❶ 動詞。
　⑴ 到，到（某地）去。如：徑造廬訪成。（《促織》）
　⑵ 制定。如：懷王使屈原造為憲令。（《屈原列傳》，「造為憲令」意指「制定國家法令」。）

110 知　知道（懂得）；見解；主持；通「智」

❶ 動詞。
　⑴ 了解，懂得，明白，感到。如：
　　A 何以知燕王？（《廉頗藺相如列傳》）
　　B 人非生而知之者，孰能無惑？（《師說》，「知」意為「明白」、「有知識」。）
　　C 如寡人者，安與知恥。（《勾踐滅吳》）
　⑵ 主持，管理。如：
　　A 吾與之共知越國之政。（《勾踐滅吳》）
　　B 子產其將知政矣。（《左傳・襄公二十六年》，例句譯為「子產大概將要主持政事了。」）

❷ 形容詞，通「智」，意為「聰明」、「有智慧」。如：知之為知之，不知為不知，是知也。（《論語‧為政》，前四個「知」意為「知道」、「懂得」，後一個「知」通「智」。）

111 致 —表達；到；送到；招引

❶ 表達。如：肅宣權旨，論天下事勢，致殷勤之意……（《赤壁之戰》）

❷ 招來，引來。如：以致天下之士。（《過秦論》）

❸ 到，到達。如：不積跬步，無以致千里。（《勸學》）

❹ 得到。如：家貧，無從致書以觀。（《送東陽馬生序》）

❺ 「致政」，即「辭官」、「卸職」。如：昔為錢塘長，今則致政矣。（《柳毅傳》）

【「致」的虛詞用法】
副詞，表程度高，可譯為「盡」、「極」。如成語「專心致志」。

112 質 人質；質地；資質；箭靶；通「贄」；通「鑕」

❶ 名詞。
(1) 人質。如：必以長安君為質，兵乃出。（《觸龍說趙太后》）
(2) 質地，底子。如：永州之野產異蛇，黑質而白章。（《捕蛇者說》）
(3) 資質，稟性。如：其業有不精，德有不成者，非天資之卑，則心不若餘之走耳。（《送東陽馬生序》）
(4) 通「贄」，指禮物。如：厚幣委質事楚。（《屈原列傳》）
(5) 同「鑕」，一種刑具。如：君不如肉袒伏斧質請罪。（《廉頗藺相如列傳》）

❷ 動詞。

⑴ 作人質，作抵押品。如：為長安君約車百乘，質于齊。（《觸龍說趙太后》）

⑵ 詢問（道理）。如：援疑質理。（《送東陽馬生序》）

113 治 對付；管理（治理）；安定（治理得好）

❶ 動詞。

⑴ 治理。如：以昭陛下平明之治（《出師表》）

⑵ 對付。如：同心一意，共治曹操。（《赤壁之戰》）

⑶ 泛指處理，或進行某項工作。如：一室之不治，何以天下國家為？（《習慣說》，「治」意為「整治」。）

❷ 形容詞，與「亂」相對，特指國家治理得好，社會安定。如：夫子立而天下治。（《逍遙遊》）

114 諸 眾，許多。

趙王與大將軍廉頗諸大臣謀。（《廉頗藺相如列傳》）

【「諸」的虛詞用法】
兼詞，有兩種情況：

① 代詞兼介詞，相當於「之於」。「之」指前面動詞的賓語，可視情況來譯。「于」介紹出動作行為有關的處所或對象，可譯為「在」、「到」、「向」、「給」等。如：
君子求諸己，小人求諸人。（《論語・衛靈公》）

② 代詞兼助詞，用在句末，相當於「之乎」。「之」指前面動詞的賓語，可視情況來譯。「乎」表感歎或疑問語氣，可譯為「吧」、「呢」、「嗎」等。如：
A 曰：「王嘗語莊子以好樂，有諸？」（《莊暴見孟子》，「有諸」可譯為「有這事嗎？」。）
B 曰：「何可廢也？以羊易之！── 不識有諸？」（《齊桓晉文之事》）

115 賊　害；對敵人的蔑稱

❶ 害，禍患。如：淫侈之俗日日以長，是天下之大賊也。（《論積貯疏》）

❷ 敵人，犯上作亂的人。如：願陛下託臣以討賊興復之效。（《出師表》）

❸ 偷竊的人。如：忍能對面為盜賊。（《茅屋為秋風所破歌》）

116 走　跑；逃跑；奔向（趨向）

❶ 跑。如：兩兔傍地走，安能辯我是雌雄？（《木蘭詩》）

❷ 奔向，逃跑。如：從華容道走。（《赤壁之戰》）

❸ 投奔。如：臣嘗有罪，竊計欲亡走燕。（《廉頗藺相如列傳》）

117 族　家族；類；滅族；聚集

❶ 名詞。
　⑴ 家族。如：山東豪俊，遂並起而亡秦族矣。（《過秦論》）
　⑵ 類，輩。如：士大夫之族，曰師曰弟子雲者。（《師說》，「之族」意指「這些人」。）

❷ 原為一種刑罰，指誅殺三族或九族，後用作動詞，意為「滅族」、「滅亡」。如：族秦者秦也，非天下也。（《過秦論》）

118 卒　士兵；死；完畢；通「猝」

❶ 士兵。如：率疲弊之卒，將數百之眾，轉而攻秦。（《過秦論》）

❷ 死。如：初，魯肅聞劉表卒。（《赤壁之戰》）

❸ 動詞，意為「完成」、「到⋯⋯為止」。如：
　A 供養卒大恩。（《孔雀東南飛》）
　B 磐石方且厚，可以卒千年。（《孔雀東南飛》）

【「卒」的虛詞用法】

① 副詞，可譯為「終於」、「最終」。如：卒相與歡，為刎頸之交。（《廉頗藺相如列傳》）

② 副詞，通「猝」，表突然或急速，可譯為「急促」、「立即」、「突然」。如：
　A 五萬兵難卒合。（《赤壁之戰》）
　B 卒起不意，盡失其度。（《荊軻刺秦王》）

119 左　方位；不親近

❶ 名詞。
　⑴ 左邊。如：魯直居左。（《核舟記》）
　⑵ 和「右」連用構成「左右」，指在旁侍候的近侍近臣。如：左右欲引相如去。（《廉頗藺相如列傳》）
　⑶ （車騎的）尊位。古代車騎、席位以左（東）為尊，以右為下。如：公子從車騎，虛左，自引夷門侯生。（《信陵君竊符救趙》）

❶ 較低的地位。古代官位以右為尊，以左為下，「左」與「遷」連用構成「左遷」，作動詞，意為「降職」、「貶官」。如：遠和十年，予左遷九江郡司馬。（《〈琵琶行〉序》）

120 坐　跪坐；席位；犯法（因犯⋯⋯罪、錯誤）

❶ 動詞。
　⑴ 坐。古人席地而坐，兩膝着地，臀部靠在腳後跟上。如：秦王坐章台見相如。（《廉頗藺相如列傳》）
　⑵ 坐守，坐等。如：

A 與其坐而待之，孰若起而拯之。(《馮婉貞》)

B 坐享其成

⑶ 犯罪，定罪。如：

A 坐法去官。(《史記‧魏其武安侯列傳》，例句譯為
「犯罪違法，被免去官職。」)

B 王曰：「何坐？」曰：「坐盜。」(《晏子使楚》)

❷ 名詞，同「座」，意為「座位」。如：項王則受璧，置之
坐上。(《鴻門宴》)

【「坐」的虛詞用法】

連詞，一說介詞，表原因，可譯為「因為」。如：停車坐
愛楓林晚，霜葉紅於二月花。(《山行》)

古今異義

　　古今異義，就是指文言詞語或短語的意義和用法與現代漢語中書寫相同的詞語之間的意思不同的現象。這種意義和用法的差異是在語言的演變過程中出現的，辨明這些詞語的「古」、「今」意思和用法，有助於增強我們閱讀文言文的能力。

　　古今異義的現象有：詞義擴大、詞義縮小、詞義轉移、詞義弱化、詞義強化、感情色彩變化、名稱說法改變等。

　　「詞義擴大」就是說同樣的詞語在古代的意義小，而在現代漢語中的意思擴大了。如「江」、「河」二字，古代指長江和黃河，現在泛指一切較大的河流；「好」，古代指女子相貌好看，而現在泛指一切美好的性質。

　　「詞義縮小」，就是說同樣的詞語在古代詞義大，而現代漢語中的意義變小了。如「臭」，古代表示好壞氣味均可，現在只表示壞的氣味；「讓」，古代既可表示辭讓、謙讓之意，又可表示責備之意，現在則只有第一種意義了。

　　「詞義轉移」，就是說同樣的詞語在古代是一個方面的意思，到了今天卻變成另一個方面的意思了。如「涕」，古代指眼淚，現在指鼻涕；「偷」，古代指苟且、

馬虎、刻薄、不厚道，今義轉移為偷竊。

「詞義弱化」，就是指同樣的詞語，在古代所表示的語義較強，而今天所表示的語義則較弱。如「很」，古義是兇狠，表示的程度很高、很深，而現在表示的程度相對較弱；「怨」，古義表示仇恨、懷恨，現在表示埋怨、責備。

「詞義強化」，是指同樣的詞語在古代表示的意義較弱，而今天所表示的語義增強了。如「恨」，古代表示遺憾、不滿的意思，今天表示仇恨、懷恨；「誅」，最初只是責備之意，後來強化為「殺戮」的意思。

「感情色彩變化」，是指有些詞語在應用的過程中，感情色彩逐步發生了變化，這往往與它們意思的改變分不開。如「卑鄙」原指地位低，見識淺，屬中性詞，現在表示品德低，含貶義；「爪牙」在古代表示得力的幫手，屬褒義詞，現在表示壞人的幫兇，貶義詞；「鍛煉」，古代除有冶煉之意外，還有玩弄法律對人進行誣陷之意，屬貶義詞，現在是褒義詞。

「名稱說法的演變」，就是有些時候古文中用一個詞表示某一意思，現代漢語中已不再使用該詞語表示，而是換用別的詞語表示了。如「目」現已換成「眼睛」，「寡」現已換用「少」了，「足」現已換用「腳」了。

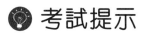

考試提示

　　文言實詞中的古今異義現象是由漢字意義的發展所產生的，隨着文言實詞意義的擴大、縮小、轉移、弱化、強化，以及感情色彩變化等情況的發生，我們就需要以「發展」的眼光來理解文言實詞的意義。

　　在文言文的閱讀中，我們一不小心就習慣用「現代意義」來解讀「古代意義」，尤其是一些字形上相同或相似，在文中似乎也能「講得通」的字詞極其容易迷惑我們。比如，《西門豹治鄴》裏「是女子不好」中「不好」一詞，如果用現代意義來解釋似乎通順，但是聯繫上下文就有問題了，其實「不好」是指「相貌不美」。又如，《桃花源記》裏「先世避秦時亂，率妻子邑人來此絕境」中「妻子」一詞，在文言文中應該是「妻子兒女」的意思。

　　「古今異義」是文言實詞考查的重點，尤其是那些「字形簡單」的實詞，常常會被我們忽略。這在學習過程中要引起足夠的重視。那些看似簡單的字詞其實正是命題者的用意所在。

　　所以，掌握在書中出現頻率較高的「古今異義」現象，掌握 100 個左右古今異義現象的詞義是我們學習「古今異義」的基礎。

古今異義小詞典

1 指示

今義 上級或長輩對下級或晚輩的話。

古義 指點給……看。

例句 璧有瑕，請指示王。（《廉頗藺相如列傳》）

2 妻子

今義 愛人（女方）。

古義 妻子和子女。

例句 先世避秦時亂，率妻子邑人來此絕境（《桃花源記》）

3 中國

今義 中華人民共和國。

古義 中原地區。

例句 若能以吳越之眾與中國抗衡，不如早與之絕。（《赤壁之戰》）

4 非常

今義 很、大（副詞）。

古義 意外事故（名詞）。

例句 所以遣將守關者，備他盜之出入與非常也。（《鴻門宴》）

5 所以

今義 表示因果關係的關聯詞。

古義 ❶ 緣故（名詞）。❷ 表原因的虛詞。❸ 用來，靠它來。

例句 ❶ 餘叩所以。（《獄中雜記》）

❷ 臣所以去親戚而事君者，徒慕君之高義也。（《廉

頗藺相如列傳》）

❸ 師者，所以傳道受業解惑也。（《師說》）

6 絕境

今義 沒有出路的境地。

古義 與外界隔絕之地。

例句 先世避秦時亂，率妻子邑人來此絕境不復出焉。
（《桃花源記》）

7 無論

今義 表條件關係的關聯詞。

古義 更不必說。

例句 問今是何世，乃不知有漢，無論魏晉。（《桃花源記》）

8 用心

今義 讀書用功或對事肯動腦筋（褒義）。

古義 思想意識的活動（中性）。

例句 蚓無爪牙之利，筋骨之強，上食埃土，下飲黃泉，用心一也。（《勸學》）

9 稍稍

今義 稍微。

古義 漸漸地、慢慢地。

例句 ❶ 邑人奇之，稍稍賓客其父。（《傷仲永》）
❷ 賓客意少舒，稍稍正坐。（《口技》）

10 更衣

今義 換衣服。

古義 上廁所。

例句 權起更衣，肅追於宇下。（《赤壁之戰》）

11 無日

今義 不知還有多少時候，很久。

古義 不久。

例句 事急而不斷，禍至無日矣！（《赤壁之戰》）

12 殷勤

今義 熱情、周到。

古義 關切、問候。

例句 肅奉權旨，論天下事勢，致殷勤之意。（《赤壁之戰》）

13 唧唧

今義 低聲交談，也可指蟲的叫聲。

古義 ❶ 織布機聲；❷ 歎息聲。

例句 ❶ 唧唧複唧唧，木蘭當戶織。（《木蘭詩》）

❷ 我聞琵琶已歎息，又聞此語重唧唧。（《琵琶行》）

14 豪傑

今義 才能出眾的人。

古義 ❶ 有聲望、地位的人。❷ 英雄人物。

例句 ❶ 號令召三老、豪傑與皆來會計事。（《陳涉起義》）

❷ 江山如畫，一時多少豪傑！（蘇軾《念奴嬌 赤壁懷古》）

15 往往

今義 常常。

古義 ❶ 處處；❷ 時常，常常。

例句 ❶ 旦日，卒中往往語……（《陳涉起義》）

❷ 春江花朝秋月夜，往往取酒還獨傾。（《琵琶行》）

16 何苦

今義 不值得做，犯不着。

古義 哪怕、怕甚麼。

例句 而山不加增，何苦而不平！（《愚公移山》）

17 肉食

今義 肉類食物。

古義 引申為享受優裕生活的大官。

例句 肉食者謀之，又何間焉！（《曹劌論戰》）

18 魚肉

今義 魚的肉。

古義 魚和肉，意為被欺凌的對象（名詞）。

例句 如今人方為刀俎，我為魚肉。（《鴻門宴》）

19 卑鄙

今義 品質惡劣。

古義 卑，指出身低微；鄙，指為人粗野。常用作謙詞。

例句 先帝不以臣卑鄙，猥自枉屈，三顧臣於草廬之中。
（《出師表》）

20 不過

今義 轉折連詞。

古義 不超過。

例句 今以實校之，彼所將中國人，不過十五六萬，且久
已疲。（《赤壁之戰》）

21 其實

今義 實際上（副詞）。

古義 ❶ 它的果實。❷ 那實際情況。

例句 ❶ 葉徒相似，其實味不同。(《晏子使楚》)
　　　　❷ 盛名之下，其實難副。(《李固與黃瓊書》)

22 春秋

今義 ❶ 春季和秋季；❷ 時代名稱。
古義 ❶ 年齡；❷ 年歲；❸ 書名。
例句 ❶ 天子春秋鼎盛。(《治安策》)
　　　　❷ 螻蛄不知春秋。(《莊子逍遙遊》)
　　　　❸ 孔子成《春秋》而亂臣賊子懼。(《孟子滕文公章句下》)

23 壟斷

今義 把持獨佔。
古義 山川阻隔。
例句 自此冀之南、漢之陰，無壟斷焉。(《愚公移山》)

24 美人

今義 美貌女子。
古義 歌伎、宮妃。
例句 秦王大喜，傳以示美人及左右。(《廉頗藺相如列傳》)

25 左右

今義 ❶ 大致範圍（方位詞）；❷ 控制（動詞）。
古義 侍衛。
例句 操恐人暗中謀害己身，常吩咐左右……。(《楊修之死》)

26 結束

今義 事情做完，一個過程的完結。
古義 整裝。

27 約束

今義 限制。

古義 ❶ 盟約；❷ 法令制度。

例句 ❶ 秦自繆公以來二十餘君，未嘗有堅明約束者也。
（《廉頗藺相如列傳》）
❷ 其遊惰不事者何能一一遵上之約束乎？（《治平篇》）

28 大風

今義 形容風的強度。

古義 痲瘋病。

例句 可以已大風……（《捕蛇者說》）

29 一切

今義 所有的。

古義 一概、任何。

例句 豈可一切拘以定月哉？（《夢溪筆談》）

30 宣言

今義 表示政見的公告。

古義 公開揚言。

例句 宣言曰：「我見相如，必辱之。」（《廉頗藺相如列傳》）

31 烈士

今義 為革命而犧牲的人。

古義 烈，有節操有抱負；士，一般指男子。詞意為「有志
於建功立業的人」。

例句 烈士暮年，壯心不已。（《步出夏門行・龜雖壽》）

32 犧牲

今義 為正義而死。

古義 作祭禮的牲畜。

例句 犧牲玉帛，弗敢加也。（《曹劌論戰》）

33 交通

今義 來往和運輸。

古義 互相通連。

例句 阡陌交通，雞犬相聞。（《桃花源記》）

34 扶老

今義 扶着老人。

古義 拐杖。

例句 策扶老以流憩。（《歸去來辭》）

35 秋天

今義 秋季。

古義 秋季的天空。

例句 秋天漠漠向昏黑。（《茅屋為秋風所破歌》）

36 可恨

今義 令人憎恨。

古義 痛惜。

例句 用人不當其才，聞賢不試以事，良可恨也。（《馬鈞傳》）

37 留意

今義 當心，注意。

古義 考慮。

例句 先生可留意矣。（《中山狼傳》）

38 舉手

今義 表贊同，或要求發言時的動作。

古義 ❶ 動手；❷ 告別時的動作。

例句 ❶ 先生舉手擊狼。（《中山狼傳》

❷ 舉手長勞勞，二情同依依。（《孔雀東南飛》）

39 老子

今義 ❶ 父親；❷ 自我的粗俗稱謂。

古義 老人。

例句 遙望老子杖藜而來。（《中山狼傳》）

40 鞠躬

今義 行禮。

古義 ❶ 彎着身子；❷ 恭敬地、謹慎地。

例句 ❶ 我鞠躬不敢息。（《中山狼傳》）

❷ 鞠躬盡瘁，死而後已。（《後出師表》）

41 小生

今義 戲曲中的一種角色。

古義 青年人。

例句 隸而從者，崔氏二小生，曰恕己，曰奉壹。（《小石潭記》）

42 雖然

今義 用於讓步複句的關聯詞。

古義 雖，儘管；然，如此。「雖然」即指儘管如此或雖說如此。

例句 王曰：「善哉！雖然，公輸盤為我造雲梯，必取宋。」（《公輸》）

43 一毛

今義 一角錢。

古義 ❶ 一根小草；❷ 一根汗毛。

例句 ❶ 以殘年餘力，曾不能毀山之一毛，其如土石何！
（《愚公移山》）

❷ 拔一毛而利天下，不為也。（《孟子‧盡心上》）

44 怠慢

今義 冷淡、待人不夠殷勤。

古義 松懈、輕忽。

例句 怠慢忘身，禍災乃作。（《勸學》）

45 口舌

今義 由說話引起的是非、爭吵。

古義 口和舌，指說話。

例句 國事至此，予不得愛身，意北亦尚可以口舌動也。
（《〈指南錄〉後序》）

46 不好

今義 壞。

古義 形容人長得不美。

例句 是女子不好。煩大巫為人報河伯，得更求好女，後
日送之。（《西門豹治鄴》）

47 丈人

今義 岳父。

古義 ❶ 老人；❷ 長輩。

例句 ❶ 願丈人一言而生。（《中山狼傳》）

❷ 漢天子我丈人行也。（《漢書‧蘇建傳》）

48 風流

今義 形容生活浪漫放蕩，男女關係不正當。

古義 ❶ 形容傑出、英俊；❷ 形容繁華的景象；❸ 學問才華，雍容的風度。

例句 ❶ 大江東去，浪淘盡。千古風流人物。（《念奴嬌‧赤壁懷古》）

❷ 風流總被雨打風吹去。（《永遇樂‧京口北固亭懷古》）

❸ 搖落深知宋玉悲，風流儒雅亦吾師。（杜甫《詠懷古跡》）

49 操持

今義 料理，籌劃。

古義 拿着。

例句 杖漢節牧羊，臥起操持，節旄盡落。（《蘇武傳》）

50 開張

今義 店鋪開業。

古義 擴大。

例句 誠宜開張聖聽，以光先帝遺德。（《出師表》）

51 學者

今義 有專門學問的人。

古義 ❶ 求學的人，讀書人；❷ 學術上有一定成就的人。

例句 ❶ 古之學者必有師。（《師說》）

❷ 京師學者咸怪其無征。（《張衡傳》）

52 妖怪

今義 迷信傳説中的怪物。

古義 妖異、奇怪的現象；反常的現象。

例句 故水旱不能使之饑，寒暑不能使之疾，妖怪不能使之凶。（《天論》）

53 有意

今義 特意，專門。

古義 ❶ 願意；❷ 有某種打算。

例句 ❶ 先生不羞，乃有意欲為收責于薛乎？（《馮諼客孟嘗君》）

❷ 將軍豈有意乎？（《隆中對》）

54 地方

今義 ❶ 泛指空間的一部分；❷ 民間；❸ 地區。

古義 ❶ 當地的事；❷ 土地方圓；❸ 天圓地方，形容大地的形狀是方的。

例句 ❶ 在外監司牧宇，變皆貪鄙成風，不以地方為意。（《方臘起義》）

❷ 今齊地方千里，百二十城，宮婦左右，莫不私王。（《鄒忌諷齊王納諫》）

❸ 天圓地方。（《淮南子》）

55 山東

今義 山東省。

古義 指戰國、秦漢通稱崤山或華山以東地區，如楚、趙、韓、魏、燕、齊六國。

例句 君不聞漢家山東二百州，千村萬落生荊杞。（杜甫《兵車行》）

56 不避

今義 不躲開。

古義 不次於。

例句 今海內為一，土地人民之眾，不避湯禹。（《論貴粟疏》）

57 人情

今義 應酬送禮；情面、情誼。

古義 人的常情。

例句 世態人情經歷多。（關漢卿《四塊玉 閒適》）

58 把握

今義 抓住；成功的可靠性。

古義 手掌內。

例句 其為物輕微易藏，在於把握，可以周海內而無饑寒之患。（《論貴粟疏》）

59 縣官

今義 縣政府領導。

古義 朝廷、官府。

例句 ❶ 今募天下入粟縣官，得以拜爵，得以除罪。（《論貴粟疏》）

❷ 縣官日有廩稍之供。（《送東陽馬生序》）

60 致意

今義 表示問候。

古義 把自己的心意表達於人。

例句 寧可致意耶？（《柳毅傳》）

61 反復

今義 重複。

古義 ❶ 扭轉形勢；❷ 書信往返。

例句 ❶ 其存君興國而欲反復之，一篇之中三致志焉。（《屈原列傳》）

❷ 重念蒙君實視遇厚，於反復不宜鹵莽，故今具道所以。（《答司馬諫議書》）

62 慷慨

今義 大方。

古義 ❶ 理直氣壯，意氣激昂；❷ 感慨、悲歎。

例句 ❶ 初至北營，抗辭慷慨，上下頗驚動。(《〈指南錄〉後序》)

❷ 能使人慷慨涕泣矣。(《柳敬亭傳》)

63 便宜

今義 物品價格低。

古義 ❶ 有利和應該做的事；❷ 方便。

例句 ❶ 釋之既有朝畢，因前言便宜事。(《史記‧張釋之列傳》)

❷ 倒也便宜。(《林黛玉進賈府》)

64 無賴

今義 ❶ 流氓；❷ 刁鑽潑辣，無理取鬧。

古義 ❶ 胡作非為；❷ 活潑好玩。

例句 ❶ 王子晞為尚書，領行營節度使，寓軍邠州，縱士卒無賴。(《段太尉逸事狀》)

❷ 最喜小兒無賴，溪頭臥剝蓮蓬。(《清平樂‧村居》)。

65 故事

今義 起初的或虛構的有人物、有情節的事情。

古義 ❶ 先例，舊事；❷ 當兩個詞解。故，指「原來」；事，指「事情」。

例句 ❶ 苟以天下之大，而從六國破亡之故事，是又在六國下矣。(《六國論》)

❷ 故事因於世而備適於事。(《察今》)

66 南面

今義 南邊。

古義 面南而坐，即稱帝。

例句 ❶ 不然，擅齊之強，得一士焉，宜可以南面而制秦。（《讀孟嘗君傳》）

❷ 宰執以下俱使之南面上坐，稱柳將軍。（《柳敬亭傳》）

67 老大

今義 長子，船老大。

古義 年齡大。

例句 門前冷落鞍馬稀，老大嫁作商人婦。（《琵琶行》）

68 可憐

今義 值得憐憫。

古義 值得同情。

例句 可憐後主還祠廟，日暮聊為梁甫吟。（杜甫《登樓》）

69 小子

今義 ❶ 北方人稱男孩；❷ 稱青年人（貶義）。

古義 ❶ 小孩子（貶義）；❷ 長輩稱晚輩。

例句 ❶ 小子無所畏，何敢助婦語！（《孔雀東南飛》）

❷ 小子何莫學夫《詩》。（《論語·陽貨》）

70 逢迎

今義 奉承、拍馬。

古義 迎接。

例句 新婦識馬聲，躡履相逢迎。（《孔雀東南飛》）

71 鬥爭

今義 泛指對抗性行為。

古義 吵鬧，打架。

例句 群雞正亂叫，客至雞鬥爭。(《羌村三首》)

72 同志

今義 革命群眾的互稱。

古義 志同道合的人。

例句 同志者或不遠千里而致。(徐光啟《甘薯疏序》)

73 活人

今義 活着的人。

古義 養活人。

例句 麗土之毛足以活人者，多矣。(徐光啟《甘薯疏序》)

74 於是

今義 承接連詞。

古義 在此。

例句 於是王召見，問藺相如曰……。(《廉頗藺相如列傳》)

75 中心

今義 ❶ 文章的主旨；❷ 主要場合或指揮機構；❸ 事物的重心。

古義 心理。

例句 中心藏之，何日忘之？(《葉公好龍》)

76 中間

今義 當中。

古義 中，當中；間，夾雜着。

例句 中間力拉崩倒之聲。(《口技》)

77 束手

今義 縛住雙手，形容沒辦法。

古義 投降。

例句 近者奉辭伐罪，旌麾南指，劉琮束手。（《赤壁之戰》）

78 行為

今義 舉動。

古義 行，品行；為，做。

例句 吾狀之行為士先者，為之聲義。（《五人墓碑記》）

79 父兄

今義 父親和長兄，泛指家長。

古義 有時單指兄。

例句 我有親父兄，性行暴如雷。（《孔雀東南飛》）

80 赤子

今義 對故土懷有純真感情的人。

古義 ❶ 百姓；❷ 初生嬰兒。

例句 ❶ 皆我東南赤子膏血也。（《方臘起義》）

❷ 赤子之心。（《孟子‧離婁》）

81 以為

今義 認為。

古義 以，把；為，當做。

例句 吾所以為此者，以先國家之急而後私讎也。。（《廉頗藺相如列傳》）

82 可以

今義 能夠。

古義 可，可以；以，憑藉、依靠。

例句 忠之屬也，可以一戰。（《曹劌論戰》）

83 從而

今義 連詞。

古義 從，跟隨；而，並且，表遞進關係。

例句 生乎吾前，其聞道也固先乎吾，吾從而師之。
（《師說》）

84 至於

今義 表示達到某種程度，或者另提一事。

古義 ❶ 達到……的結局；❷ 連詞，表示另提一事；❸
達到。

例句 ❶ 至於顛覆，理固宜然。（《六國論》）
❷ 至於斟酌損益，進盡忠言，則攸之、禕、允之任
也。（《出師表》）
❸ 至於幽暗昏惑而無物以相之。（《遊褒禪山記》）

85 初一

今義 農曆每月的第一天。

古義 剛剛開始。

例句 初一交戰，操軍不利。（《赤壁之戰》）

86 祖父

今義 父親的父親。

古義 祖輩和父輩。

例句 思厥先祖父，暴霜露，斬荊棘，以有尺寸之地。（《六
國論》）

87 會計

今義 管理財務的人。

古義 會，聚會；計，商議。

例句 號令召三老、豪傑與皆來會計事。（《陳涉起義》）

88 不必

今義 用不着；不需要。

古義 不一定。

例句 是故弟子不必不如師，師不必賢于弟子。（《師説》）

89 作文

今義 文章（多指學生練習寫作）。

古義 寫文章。

例句 屬予作文以記之。（《岳陽樓記》）

90 以往

今義 從前。

古義 從這裏開始，向那裏……

例句 召有司案圖，指從此以往十五都予趙。（《廉頗藺相如列傳》）

91 感激

今義 深深的感謝。

古義 感，感動；激，奮激。

例句 由是感激，遂許先帝以驅馳。（《出師表》）

92 因而

今義 表示結果的連詞。

古義 趁此。

例句 不如因而厚遇之，使歸趙。（《廉頗藺相如列傳》）

93 具體

今義 明確，不抽象，細緻。

古義 具，具備；體，形體。

例句 亦雁蕩具體而微者。（《雁蕩山》）

94 智力

今義 理解事物的能力。

古義 智，智謀；力，力量。

例句 且燕、趙處秦革滅殆盡之際，可謂智力孤危，戰敗而亡，誠不得已。（《六國論》）

95 前進

今義 向前行進；思想進步。

古義 前，走上前去；進，奉獻。

例句 於是相如前進缶，因跪請秦王。（《廉頗藺相如列傳》）

96 或者

今義 選擇連詞或副詞。

古義 有的人，有些人。

例句 或者曰：夏商周漢封建而延，秦郡邑而促。（《封建論》）

97 即使

今義 表假設性讓步連詞。

古義 即，就；使，讓，叫。

例句 即使吏共抱大巫嫗投之河中。（《西門豹治鄴》）

98 兄弟

今義 弟弟和哥哥。

古義 有時偏指兄。

例句 既無叔伯，終鮮兄弟。（《陳情表》）

99 精神

今義 ❶ 指人的意識、思維活動和一般心理狀態；❷ 宗旨，

主要的意義。

古義 ❶ 指神志、心神；❷ 指靈魂。

例句 ❶ 後歲余，成子精神復舊。（《促織》）

❷ 凡天地之間，有鬼，非人死精神為之也。
（《訂鬼》）

100 親戚

今義 旁系親屬。

古義 指父親兄弟，統指家裏親人。

例句 臣所以去親戚而事君者，徒慕君之高義也。（《廉頗
藺相如列傳》）

通假字

　　通假字是指本應該用甲字，而使用時卻借用與其意義毫不相干、只是音同或音近的乙字去替代它，乙字就是甲字的通假字。通假字在文言文中存在較為普遍。要提高古詩文的閱讀能力，必須熟練掌握常用的通假字。

　　學習通假字可以遵循以下規律：

　　(一) 同音替代。① 以聲旁字 (獨體) 替代同音的形聲字 (合體)。如「寒暑易節，始一反焉」(《愚公移山》) 中，「反」是「返」的通假字。② 只要音同，不管是否為形聲字，都可以替代。如「治天下者，審所上而已」(《漢書》) 中，「上」是「尚」的通假字，指崇尚之義。但是，需要注意的是有的字古代音相同而現在不同了，如「秦倦而歸，兵必罷」(《戰國策‧趙策》)，「罷」與「疲」因為古音相同而通。

　　(二) 音近替代。① 聲母相同，即雙聲通假。如「距關，毋內諸侯」(《史記‧鴻門宴》)，「內」與「納」聲母都為「n」，故相通。② 韻母相同，即疊韻通假。如「吾雖一覽，猶能識之」(《後漢書‧張衡傳》)，「識」與「志」韻母同為「i」，故相通。③ 聲韻母同，音調相近而通。如「聖人非所與熙也，寡人反取病焉」(《晏子使楚》)，「熙」與「戲」是聲調相近而通，意指「開玩笑」。另外，

古代有些音韻是相通的，如「i」與「ü」，「u」與「ou」等。如「或師焉，或不焉」（《師說》）中，「不」通「否」，正是基於二者韻母「u」與「ou」是相通的。

（三）形近替代。如「言戰者多，被甲者少也」（《韓非子・五蠹》），「被」與「披」因為同一形旁「皮」而通。以此規律作為學習通假字的方法，當遇到某個詞的意義難以解釋的時候，可以嘗試從音同或音近的方向尋求是否有「通假」的可能。

◉ 考試提示

　　文言實詞中「通假」現象是由漢字產生初期使用文字時，被一些基本的物質條件限制而產生的。因為沒有普及的、統一的媒介 (字典、報刊等)，所以古人在作文用字時，如果倉促間寫不出某一個字，就習慣用聲音相同或相近的字來代替。這種情景在今天看來就是古人寫別字，但正是因為當時的條件限制，所以這樣的「用法」也算是文字使用的一種現象了。

　　「通假字」是古代漢語中的特有語言現象，幾乎每篇文言文中都有通假字，如不注意，只是望文生義，就會理解錯誤，這是我們閱讀文言文容易犯的錯誤之一。

　　所以我們首先必須了解通假字與本字之間同音替代、音近替代和形近替代這些基本規律。

　　在掌握規律的基礎上再積累一定數量的「通假字」，有了這兩個步驟，對文言通假字的學習才是有的放矢且有效的。

常見通假字小詞典

初中階段常見通假字

通假字	本字或後起字	通假義	讀音	例句
扳	攀	牽，引	pān	日扳仲永環謁於邑人。（《傷仲永》）
厝	措	放置	cuò	一厝朔東，一厝雍南。（《愚公移山》）
爾	耳	罷了	ěr	無他，但手熟爾。（《賣油翁》）
反	返	返回	fǎn	寒暑易節，始一反焉。（《愚公移山》）
火	夥	夥伴	huǒ	火伴皆驚惶。（《木蘭詩》）
惠	慧	聰明	huì	甚矣，汝之不惠。（《愚公移山》）
屏	摒	摒棄	bìng	屏棄而不用，其與昏與庸無以異也。（《為學》）
帖	貼	粘貼	tiē	對鏡帖花黃。（《木蘭詩》）
亡	無	沒有	wú	河曲智叟亡以應。（《愚公移山》）
要	邀	邀請	yāo	便要還家，設酒殺雞作食。（《桃花源記》）
火	夥	夥伴	huǒ	出門看火伴。（《木蘭詩》）
帖	貼	粘附	tiē	對鏡帖花黃。（《木蘭詩》）
亡	無	不	wú	河曲智叟亡以應。（《愚公移山》）
霑	沾	沾濕	zhān	無為在歧路，兒女共霑巾。《送杜少府之任蜀州》
賈	價	價格	jià	置於市，賈十倍。（《賣柑者言》）
烏	嗚	語氣詞，嗚呼，相當於「唉」	wū	烏呼，何其性之忍耶！（《貓捕雀》）
著	着	穿	zhuó	著我舊時裳。（《木蘭詩》）

高中階段常見通假字

通假字	本字或後起字	通假義	讀音	例句
辟	避	躲避	bì	故患有所不辟也。（《魚我所欲也》）
徧	遍	遍及，普及	biàn	小惠未徧，民弗從也。（《曹劌論戰》）
辯	辨	辨別	biàn	萬鐘則不辯禮義而受之。（《魚我所欲也》）
得	德	感恩、感激	dé	所識窮乏者得我歟？（《魚我所欲也》）
案	按	審察，察看	àn	召有司案圖，指從此以往十五都予趙。（《廉頗與藺相如列傳》）
具	俱	全，皆	jù	政通人和，百廢具興。（《岳陽樓記》）
明	戮	獲罪、遭到貶謫	lù	自餘為戮人……（《始得西山宴遊記》）
女	汝	你	rǔ	女知之乎？（《論語十則》）
暴	曝	動詞，暴露，顯露	bào	思厥先祖父，暴霜露。（《六國論》）
賓	儐	出外迎接的賓客	bīn	設九賓禮於廷。（《廉頗藺相如列傳》）
被	披	覆蓋在肩背上	pī	廉頗為之一飯斗米，肉十斤，被甲上馬。（《廉頗藺相如列傳》）
不	否	副詞，不	fǒu	或師焉，或不焉。（《勸學》）
不	否	用在句末表否定	fǒu	秦王以十五城請易寡人之璧可予不？（《廉頗藺相如列傳》）
奉	捧	兩手托着	pěng	王必無人，臣願奉璧往使。（《廉頗藺相如列傳》）

通假字	本字或後起字	通假義	讀音	例句
缶	甌	盛酒漿的瓦器	fǒu	請奉盆缶秦王，以相娛樂。（《廉頗藺相如列傳》）
鄉	向	向着、朝着	xiàng	鄉為身死而不受。（《魚我所欲也》）
説	悦	愉快	yuè	學而時習之，不亦説乎？（《論語十則》）
知	智	聰明	zhì	則知明而行無過矣。（《勸學》）
屬	囑	囑託	zhǔ	屬予作文以記之。（《岳陽樓記》）
倨	踞	蹲坐	jù	大王見臣列觀，禮節甚倨。（《廉頗藺相如列傳》）
具	俱	全，皆，副詞	jù	政通人和，百廢具興。（《岳陽樓記》）
輮	揉	使木彎曲以造車輪	róu	木直中繩，輮以為輪，其曲中規。（《勸學》）
孰	熟	仔細	shú	唯大王與群臣孰計議之。（《廉頗藺相如列傳》）
庭	廷	國君聽政的朝堂	tíng	使臣奉璧拜送書於庭。（《廉頗藺相如列傳》）
邪	耶	呢，嗎	yē	趙王豈以一璧之故欺秦邪？（《廉頗藺相如列傳》）
生	性	本性	xìng	君子生非異也，善假於物也。（《勸學》）
厭	饜	滿足	yàn	然則諸侯之地有限，暴秦之欲無厭。（《六國論》）
有	又	又，餘，再加	yòu	爾來二十有一年矣。（《出師表》）

通假字	本字或後起字	通假義	讀音	例句
質	鑕	刑具	zhì	君不如肉袒伏斧質請罪。 (《廉頗藺相如列傳》)
尊	樽	古代盛酒的器具	zūn	人生如夢，一尊還酹江月。 (《念奴嬌・赤壁懷古》)
墮	惰	懈怠	duò	夫能不以遊墮事，而瀟然於山石草木之間者。 《滿井遊記》
流	撈	求，撈取	lāo	參差荇菜，左右流之。 《國風・關雎》

偏義複詞

　　文言中一類由意義相對、相反或相關語素構成的雙音詞，其中只有一個語素代表這個雙音詞的詞義，而另一個語素只起陪襯作用，這類詞就叫偏義複詞。

　　偏義複詞主要有兩種構成方式，一種是兩個意義相對或相反的語素構成。如。「宮中府中，俱為一體，陟罰臧否，不宜異同」（《出師表》），「異同」只有「異」的意義。

　　另一種是兩個語素意義相近的，即由同義語素構成。如「能謗譏於市朝」（《鄒忌諷齊王納諫》），「市朝」只有「市」的意思。又如「無一時一刻不適耳目之觀」（《芙蕖》），「耳目」只有「目」的意思。

　　判定偏義複詞的意義有以下幾種方法：

一、根據句子上下文的意義來判定。

　　如在「亦以明死生之大」（《五人墓碑記》）一句中，「死生」一詞的意義偏指在「死」。這是與文章意思相聯繫而得的。文章強調的是五人死難的重大意義，不是一般地論述人生觀或生死觀的問題。所以這句話應解釋為「也以此來表明五人之死的重大意義」。再如「緣溪行，忘路之遠近」（《桃花源記》）一句中的「遠近」，偏義在

「遠」,這是因為文章通過這個「遠」字來表明詩人信步自適的心境。

二、根據詞語的語法關係來判定。

如在「晝夜勤作息,伶俜縈苦辛」(《孔雀東南飛》)中,狀語「勤」只能修飾「作」,而不能修飾「息」,因而「作息」偏指「作」,「息」起陪襯作用,沒有實在意義。又如「鴻雁出塞北,乃在無人鄉。舉翅萬余里,行止自成行」(《卻東西門行》)一詩中,「行止」一詞在通常情況下可以理解為「飛行和棲止」。根據常識,我們知道雁只有在飛行的時候才會列成隊形,止宿時則聚在一起。可見這裏的「行止」當偏義在「行」,但為了協調詩歌的音節,使句式工整,還是保留了不表義的語素「止」。

三、根據詞語照應來判定。

如在「今以鐘磬置水中,雖大風浪不能鳴也」(《石鐘山記》)中的「鐘磬」偏義在「鐘」,「磬」是襯字,這從後面的「鳴」字可以判定。「尋常巷陌,人道寄奴曾住」(《永遇樂·京口北固亭懷古》)中的「巷陌」偏義在「巷」,「陌」是襯字,這從後面的「巷」字可以判定。「山下皆石穴罅,不知其淺深」(《石鐘山記》)中,「淺深」偏義在「深 (深度)」,「淺」是襯字,這從前面的「石穴罅」可以判定。

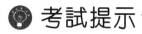

考試提示

　　文言實詞中兩個語素意義相近的偏義複詞與同義詞的重疊使用要區別開來。如《孔雀東南飛》中「舉止自專由」、「會不相從許」，「專由」就等於「自專」或「自由」，「從許」就等於說「相從」或「相許」。

　　古代漢語中的偏義複詞大都經過臨時組合的使用，因此我們在學習時一定要結合「詞」的語言環境去理解。

　　但是現代漢語偏義複詞詞義是固定單一的，不管在任何時期，任何語言環境中，自始自終都固定在某個語素上，不會發生忽此忽彼的隨意狀態。有些詞語雖然兩個語素並列，但其中一個語素義已經消失，僅在構詞上起陪襯作用，於是詞的意義也固定下來了。如現代漢語中出現的名詞「國家」、「人物」、「品質」、「舟楫」、「妻子」等，都有兩個語素並列，其中一個語素義消失，如「國家」偏指「國」，「家」義消失；「人物」偏指「人」，「物」義消失；「品質」偏指「質」，「量」義消失；「舟楫」偏指「舟」，「楫」義消失；「妻子」偏指「妻」，「子」義消失。動詞和形容詞也存在相同情況。如「忘記」、「死活」、「離合」，形容詞「好歹」、「緩急」等其義偏向也是固定的。「忘記」偏向「忘」，「記」義消失；「離合」偏指「離」，「合」義消失；「好歹」多指「歹」，「好」義消失；「緩急」多指「急」義，「緩」義消失。

　　所以，在閱讀文言過程中要有「時代意識」，絕對不能用「今天」的意義來解讀「古代」的意義。

偏義複詞小詞典

1　崩殂：偏義在「崩」，指皇帝死。「殂」是襯字。
　　如：先帝創業未半，而中道崩殂。(《出師表》)

2　遠近：偏義在「遠」，指距離遠。「近」是襯字。
　　如：緣溪行，忘路之遠近。(《桃花源記》)

3　園圃：偏義在「園」，指種樹的地方。「圃」是襯字
　　(種菜的地方叫「圃」)。
　　如：今有一人，入其園圃，竊其桃李。(《墨子·非攻》)

4　存亡：偏義在「亡」，指滅亡。「存」是襯字。
　　如：此誠危急存亡之秋也。(《出師表》)

5　代謝：偏義在「謝」，指凋落、死亡。「代」是襯字。
　　如：其間衰老者或有代謝。(《治平篇》)

6　父母：偏義在「母」，指母親。「父」是襯字。弟兄：
　　偏義在「兄」，指哥哥。「弟」是襯字(根據詩歌的
　　內容推斷，指劉蘭芝的兄長)。
　　如：我有親父母，逼迫兼弟兄。(《孔雀東南飛》)

7　女子：偏義在「女」，指媳婦(劉蘭芝的婆婆稱劉蘭
　　芝)。「子」是襯字。
　　如：女子先有誓，老姥豈敢言。(《孔雀東南飛》)

8　出入：偏義在「出」，指出門、外出。「入」是襯字。
　　如：有孫母未去，出入無完裙。(《石壕吏》)

9　公姥：根據詩歌的內容推斷，此詞偏義在「姥」，指
　　婆婆。「公」是襯字。
　　如：便可白公姥，及時相遣歸。(《孔雀東南飛》)

10 國家：古代諸侯的封地稱「國」，大夫的封地稱「家」。此詞偏義在「國」。「家」是襯字。
   如：以先國家之急而後私仇也。（《廉頗藺相如列傳》）

11 緩急：偏義在「急」，指急迫。「緩」是襯字。
   如：冀緩急或可救助。（《譚嗣同》）

12 眾寡：偏義在「眾」，指人數多。「寡」是襯字。
   如：而某不量敵之眾寡。（《答司馬諫議書》）

13 利害：偏義在「害」，指禍害、災難。「利」是襯字。
   如：但欲求死，不復顧利害。（《〈指南錄〉後序》）

14 耳目：從「耳目之觀」的「觀」字推斷，此詞偏義在「目」，指眼睛。「耳」是襯字。
   如：無一時一刻不適耳目之觀。（《芙蕖》）

15 去來：偏義在「去」，指離開。「來」是襯字。
   如：去來江口守空船。（《琵琶行》）

16 少長：偏義在「長」，指年齡大。「少」是襯字。
   如：孰與君少長？（《鴻門宴》）

17 淺深：偏義在「深」，指深度。「淺」是襯字。
   如：山下皆石穴罅，不知其淺深。（《石鐘山記》）

18 死生：偏義在「死」，指死亡。「生」是襯字。
   如：死生，晝夜事也。（《〈指南錄〉後序》）

19 往來：偏義在「往」，指宋朝的使者北往。「來」是襯字。
   如：奉使往來，無留北者。（《〈指南錄〉後序》）

20 虛實：偏義在「實」，指實際情況。「虛」是襯字。
   如：即具以北虛實告東西二閫。（《〈指南錄〉後序》）

21 異同：偏義在「異」，指不同。「同」是襯字。
　　如：陟罰臧否，不宜異同。（《出師表》）

22 巷陌：巷指街道；陌指田間小路。此詞偏義在
　　「巷」。「陌」是襯字。
　　如：尋常巷陌，人道寄奴曾住（《永遇樂·京口北固亭
　　懷古》）

23 車騎：偏義在「騎」，指一馬一人。「車」是襯字。
　　如：沛公則置車騎，脫身獨騎。（《鴻門宴》）

24 鐘鼓：偏義在「鐘」，指鐘聲。「鼓」是襯字。
　　如：噌吰如鐘鼓不絕。（《石鐘山記》）

25 行止：根據常識推知，雁只有在飛行的時候才會列
　　成隊形，而止宿卻不會。所以此詞偏義在「行」，指
　　飛行、飛翔。「止」是襯字。
　　如：鴻雁出塞北，乃在無人鄉。舉翅萬余里，行止自成
　　行。（《卻東西門行》）

26 作息：偏義在「作」，指勞作。「息」是襯字。
　　如：晝夜勤作息，伶俜縈苦辛。（《孔雀東南飛》）

27 出入：偏義在「入」，指進入。「出」是襯字。
　　如：備他盜之出入與非常也。（《鴻門宴》）

28 去留：偏義在「去」，指離開。「留」是襯字。
　　如：曾不吝情去留。（《五柳先生傳》）

29 寒暑：偏義在「寒」，指寒冬。「暑」是襯字。
　　如：無羽毛以禦寒暑。（《列子·楊朱》）

30 饑穰：饑指災年；穰指豐年。根據文意推斷，此詞
　　偏義在「饑」。「穰」是襯字。
　　如：世之有饑穰，天之行也。（《論積貯疏》）

詞的活用

　　詞的活用，就是一個詞本來具有一定的語法功能和作用，是屬於某一詞類的，而不兼其他類，但是在具體語言環境中，它可以臨時屬於另一詞類，即具有另一詞類的語法功能和作用，它的意義也隨之發生變化，這就是詞的活用。實詞活用有以下幾種形式：

一、名詞作狀語

　　古漢語中，名詞直接作為狀語是很普遍的，且有多方面的修飾作用。名詞作狀語一般有以下幾種類型：

❶ 表比喻。可以翻譯成「像……一樣」的結構形式（這類形式在成語中保留比較多）。如：
　　⑴ 瓜分之日可以死。（《與妻書》）（瓜：像切瓜一樣）
　　⑵ 靜影沉璧（《岳陽樓記》）（沉璧：像沉入水中的玉璧）
　　⑶ 失時不雨，民且狼顧。（《論積貯疏》）（狼：像狼那樣）

❷ 表行為、動作的工具或方式。可以翻譯成「用……」或「以（從）……」的結構形式。如：
　　⑴ 箕畚投於渤海之尾。（《愚公移山》）（箕畚：用箕畚）
　　⑵ 得佳者籠養之。（《促織》）（籠：用籠子）
　　⑶ 十九人相與目笑之而未發也。（《毛遂自薦》）（目：用眼光）

❸ 表處所、時間、狀態。可以翻譯成「在……」的結構形式。如：
　　⑴ 士大夫終不肯以小舟夜泊絕壁之下。（《石鐘山記》）（夜：在夜裏）

(2) 故內惑於鄭袖，外欺於張儀。(《屈原列傳》)(內：
在宮裏；外：在朝廷外)

(3) 變姓名，詭蹤跡，草行露宿。(《〈指南錄〉後序》)
(草：在草叢裏；露：在露水中)

❹ 表動作行為經常如此。常出現的主要是「日」、「月」、
「歲」等字。可以翻譯成「每天(天天)」、「每月(月
月)」、「每年(年年)」等結構形式。如：

(1) 良庖歲更刀，割也；族庖月更刀，折也。(《庖丁解
牛》)(歲：每年；月：每月)

(2) 日與北騎相出沒於長淮間。(《〈指南錄〉後序》)
(日：每天)

(3) 荊軻嗜酒，日與狗屠及高漸離飲於市。(《荊軻刺秦
王》)(日：每天)

❺ 表動作行為的發展變化。常出現的主要是「日」、「月」、
「歲」等字。可以翻譯成「一天天地(一天比一天)」、「一
月月地(一月比一月)」、「一年年地(一年比一年)」等
結構形式。如：

(1) 日削月割，以趨於亡。(《六國論》)(日：一天天地；
月：一月月地)

(2) 而鄉鄰之生日蹙。(《捕蛇者説》)(日：一天比一天)

(3) 卿當日勝貴，吾獨向黃泉。(《孔雀東南飛》)(日：
一天天地)

❻ 表動作行為發展的趨向。常常以方位名詞的形式出
現。可以翻譯成「向……」的結構形式。如：

(1) 對此欲倒東南傾。(《夢遊天姥吟留別》)(東南：向
東南方向)

(2) 驪山北構而西折，直走咸陽。(《阿房宮賦》)(北：
向北；西：向西)

(3) 上食埃土，下飲黃泉。(《勸學》)(上：向上；下：
向下)

❼ 特殊用法。一般情況下可以根據上下文，把作狀語的
字翻譯成一個相應的介賓短語。如：

(1) 余自齊安舟行適臨汝。(《石鐘山記》)(舟：乘船)

(2) 群臣吏民能面刺寡人之過者，受上賞。(《鄒忌諷刺齊王納諫》)(面：當面)

(3) 至於顛覆，理固宜然。(《六國論》)(理：按道理)

二、名詞活用為動詞

活用為一般動詞，活用後的意義仍和這個名詞的意義密切相關。名詞活用為動詞一般有以下幾種類型：

❶ 名詞＋名詞（代詞）

(1) 然陳涉甕牖繩樞之子。(《過秦論》)(甕：把甕當作；繩：用繩系)

(2) 山水之樂(《醉翁亭記》)(山水：欣賞山水)

(3) 塞者鑿之，陡者級之。(《游黃山記》)(級：把……鑿成石級)

❷ 能願動詞＋名詞

(1) 假舟楫者，非能水也，而絕江河。(《勸學》)(能＋水：能夠游水)

(2) 左右欲刃相如。(《廉頗藺相如列傳》)(欲＋刃：要殺)

(3) 雲青青兮欲雨，水澹澹兮生煙。(《夢遊天姥吟留別》)(欲＋雨：要下雨)

❸ 副詞＋名詞

(1) 即候苗成時而未有花時采。(《采草藥》)(有花：開花)

(2) 至易水上，既祖，取道。(《荊軻刺秦王》)(既祖：祭祀路神，引申為餞行、送別)

(3) 夫物不產于秦，可寶者多。(《諫逐客書》)(可寶：珍愛，珍惜)

❹ 名詞＋補語

(1) 沛公軍(於)霸上。(《鴻門宴》)(軍＋〈於〉：駐紮軍隊)

(2) 使吾官於此，則月一至焉。(《隨園記》)(官＋〈於〉：做官)

(3) 杖至百，兩股間膿血流離。(《促織》)(杖＋〈至〉：杖打)

❺ 用在結尾

(1) 從流飄蕩，任意東西。(《與朱元思書》)(東西：向東去，向西去)

(2) 客逾庖而宴，雞棲於廳。(《項脊軒志》)(宴：去吃飯)

(3) 縱士卒無賴。(《段太尉逸事狀》)(無賴：耍無賴，做強橫放縱的事情)

❻ 用「使……為」意思的動詞，通常稱為名詞的使動用法，其特點是必帶賓語。如：先破秦入咸陽者王之。(《鴻門宴》)(「王之」就是「使他為王」)

三、動詞、形容詞活用為名詞

❶ 動詞活用為名詞。即這個動詞在句子中，具有明顯的表示人與事物的意義，它一般處在主語或賓語的位置，有時前面有「其」字或「之」字，被定語修飾。

❷ 形容詞活用為名詞。用作名詞的形容詞，在句中表示具有這一性質狀態的人或物，一般處在主語或賓語的位置，有時前面有「其」、「之」或數詞。如：

(1) 殫其地之出，竭其廬之入。(《捕蛇者說》)(出：出產的東西；入：收入的財物)

(2) 夫被(披)堅執銳，義(宋義)不如公。(《項羽本紀》)(堅：堅固的鎧甲；銳：鋒利的武器)

(3) 為肥甘不足於口與？輕暖不足於體與？(《齊桓晉文之事》)(肥甘：肥美香甜的食物；輕暖：輕暖的衣服)

四、形容詞活用為動詞

形容詞是不帶賓語的，如果帶了賓語，而又沒有使動、意動的意味，就是用作一般的動詞。如：

⑴ 夏蟲不可以與語於冰者，篤於時也。(《秋水》)
（篤：限制）
⑵ 欲居之以為利，而高其值。(《促織》)（高：抬高）
⑶ 卒使上官大夫短屈原於頃襄王。(《屈原列傳》)
（短：詆毀，誹謗）
⑷ 鑄以為金人十二，以弱天下之民。(《過秦論》)
（弱：削弱）
⑸ 雖有槁暴，不復挺者，輮使之然也。(《勸學》)（挺：
變直，挺直）
⑹ 乃皆朱其眉以相識別，由是號曰赤眉。(《後漢書・
劉盆子列傳》)（朱：用紅色染）

五、動詞的使動用法

動詞和它的賓語不是一般的支配和被支配關係，
而是使賓語產生這個動詞所表示的動作行為，翻譯時可
採用兼語式的形式。一般來說，凡是不及物動詞帶賓語
的，多為使動用法。如：

⑴ 聞寡人之耳者，受下賞。(《鄒忌諷刺齊王納諫》)
（聞：讓……聽到）
⑵ 外連橫而鬥諸侯。(《過秦論》)（鬥：使……爭鬥）
⑶ 項伯殺人，臣活之。(《鴻門宴》)（活：使……活
下來）
⑷ 沛公旦日從百餘騎來見項王。(《鴻門宴》)（從：
使……跟從）
⑸ 諸人持議，甚失孤望。(《赤壁之戰》)（失：使……
失去）

六、形容詞的使動用法

形容詞帶上賓語以後，使得賓語所表示的人或事物
具有這個形容詞所表示的性質和狀態。如：

⑴ 天將降大任於斯人也，必先苦其心志，勞其筋骨。（《生於憂患，死於安樂》）（苦：使⋯⋯痛苦；勞：使⋯⋯勞累）

⑵ 臣請完璧歸趙。（《廉頗藺相如列傳》）（完：讓⋯⋯完整地）

⑶ 屈平正道直行，竭忠盡智以事其君。（《屈原列傳》）（正：使⋯⋯端正；直：使⋯⋯正直）

⑷ 汝又慮戚吾心。（《祭妹文》）（慮戚：使⋯⋯憂愁）

⑸ 將有作，則思知止以安人。（《諫太宗十思疏》）（安：使⋯⋯安寧）

⑹ 遠罪豐家（《訓儉示康》）（遠：使⋯⋯遠離；豐：使⋯⋯殷實）

七、名詞的意動用法

⑴ 臣海內之王者，其意不厭。（《荊軻刺秦王》）（臣：把⋯⋯當作臣）

⑵ 孔子師郯子、萇弘⋯⋯（《師說》）（師：把⋯⋯當作老師）

⑶ 殆所謂不善養生而草菅其命者哉。（《芙蕖》）（草菅：把⋯⋯看得像野草那樣）

⑷ 邑人奇之，稍稍賓客其父。（《傷仲永》）（賓客：把⋯⋯當作賓客款待）

⑸ 則席地倚牆而坐。（《左忠毅公逸事》）（席：以⋯⋯為席子）

八、形容詞的意動用法

形容詞帶上賓語以後，表示當事者（主語）認為賓語具有這個形容詞所表示的性質或狀態，含有「意味性」，即「認為（賓語）怎樣」。如：

⑴ 以先國家之急而後私仇也。（《廉頗藺相如列傳》）（先：以⋯⋯為先；後：以⋯⋯為後）

⑵ 汝複輕身而昧大義。（《左忠毅公逸事》）（輕：

把……看得很輕）

(3) 吾妻之美我者，私我也。(《鄒忌諷刺齊王納諫》)
（美：認為……美麗）

(4) 天下不以非鄭尹而快孫子。(《答韋中立論師道書》)
（非：以……為錯的；快：以……為高興）

(5) 成以其小，劣之。(《促織》)（劣：以……為劣，認
為……不中用）

九、為動用法

(1) 盧陵文天祥自序其詩。(《〈指南錄〉後序》)（序：
為……寫序）

(2) 居廟堂之高則憂其民，處江湖之遠則憂其君。(《嶽
陽樓記》)（憂：為……擔憂）

(3) 後人哀之而不鑒之，亦使後人複哀後人也。(《六國
論》)（哀：為……悲哀）

(4) 文嬴請三帥。(《殽之戰》)（請：為……請求）

🔆 考試提示

　　「詞的活用」在於一個「活」字，要把握這個「活」就
必需詳細地了解「詞的活用」的基本規律。在此基礎上
進行必要的針對某一現象的操練，從具體練習（感性）到
規律總結（理性），再從規律總結（理性）到具體練習（感
性），這樣反復學習才能對「詞類活用」現象逐漸理解和
掌握。

第六節

文言實詞的辨識

　　正確辨識實詞是我們學好文言文的基礎。但是在學習實詞的過程中，同學們容易受到現代漢語習慣的干擾，對文言文實詞意義掌握不準確。下面以一段文言文練習為例，讓我們看看出現了怎樣的差錯。

　　人有惡蘇秦於燕王者，曰：「武安君，天下不信人也。王以萬乘下之，尊之於廷，示天下與小人群也。」武安君從齊來，而燕王不館也。謂燕王曰：「臣東周之鄙人也，見足下身無咫尺之功，而足下迎臣於郊，顯臣於廷。今臣為足下使，利得十城，功存危燕，足下不聽臣者，人必有言臣不信，傷臣於王者。臣之不信，是足下之福也。使臣信如尾生，廉如伯夷，孝如曾參，三者天下之高行，而以事足下，不可乎？」燕王曰：「可。」曰：「有此，臣亦不事足下矣。」（《戰國策》）

1　解釋加點的字。

　　❶ 人有惡蘇秦於燕王者（厭惡）　❷ 天下不信人也（相信）

　　❸ 示天下與小人群也（合群）　❹ 燕王不館也（理睬）

　　❺ 身無咫尺之功（近距離）　❻ 足下不聽臣者（聽信）

2　翻譯劃線的句子。

　　❶ 王以萬乘下之，尊之於廷

　　　譯文 君王以萬乘的代價去屈就他，在朝廷上尊敬他

❷ 利得十城，功存危燕

譯文 使燕國有收回十城的獲利，有挽救弱燕危亡命運
之功

上述答案，粗看似乎都對，但仔細一推敲，才發現
答案基本上是錯誤的。

從第 1 題看，這位同學存在這樣兩點明顯的錯誤。
一是基本上採用了「組詞」的習慣思維釋義（如 1、2、
3、6 題），這是文言實詞解釋的大忌；二是只注意字的
本來意義，忽略了字的語言環境（如 1、2、4、5、6
題），這又是解釋文言實詞要避免的方法。因此，第 1
題除第（3）小題的解釋正確外，其他皆錯。正確解釋應
該為：（惡）誹謗；（信）講信用；（群）結為同夥；（館）
準備館舍招待；（咫尺）一點點，微小；（聽）相信。

從第 2 題看，第 1 句忽略了「萬乘」和「尊」的語境
意義，第 2 句雖然落實了字的意義，但是對句子中的實
詞「扣」得「死」。這兩句話的正確的翻譯應該是：君王
以萬乘的尊位去屈就他，在朝廷上推崇他；有收回燕國
十城之地，保存弱燕危亡命運的功勞。

這樣的錯誤，在同學中比較普遍存在，根本原因是
習慣於用現代詞語的思維習慣去認知文言詞語，忽略或
者忘記了文言實詞特有的「語境」、「語法」、「修辭」、「字
形」等特點。那麼，我們學習、複習文言實詞應該關注
哪些要點，采用怎樣的方法，掌握哪些規律呢？我們先
來看看幾個文言實詞：

❶ 羝羊觸藩，羸其角，不能退，不能遂。（《周易》）

譯文 公羊用犄角頂撞籬笆，犄角被籬笆夾住了，不能退縮，也不能前進。

❷ 操童子業，久不售。（《促織》）

譯文 是個讀書人，但是很長時間沒有考取秀才。

❸ 李綱為太子陳君臣父子之道，問寢視膳之方。（《貞觀政要》）

譯文 李綱為太子闡述君與臣、父與子的倫理道德，以及日常生活的禮節。

❹ 凡為國之急者，必先禁末作文巧。（《管子》）

譯文 大概治理國家的當務之急，必定是先禁止手工業和商業。

❺ 憲既平匈奴，威名大盛，以耿夔、任尚等為爪牙。（《後漢書》）

譯文 憲平定匈奴以後，他的威勢名聲大大傳揚，他讓耿夔、任尚等人作為他的得力助手。

上述五個句子，代表了文言實詞的五種主要現象。

❶ 注意常用意義與非常用意義的區別。「羸」常用義項是「瘦弱」，但是在這裏「羸」的意義是「纏繞」。

❷ 注意字典意義與語境意義的區別。「售」的字典意義是「賣出去」，這裏根據上下文的語言環境，應該是「成功」的意義。

❸ 注意詞語意義與修辭意義的區別。「問寢視膳」本來的意義是詢問、了解睡覺和飲食方面的情況，這裏根據文意應該包括生活的所有內容，所以「寢」和「膳」

借代為「日常生活」。

　❹ 注意一般意義與特殊意義的區別。「末作文巧」
的含義由於時代的不同而有所不同，它的「特殊性」由
它的時代所決定，這裏專指「手工業」和「商業」。

　❺ 注意今義與古義的區別。「爪牙」在今天屬於貶
義詞，但是在古文中「褒」和「貶」兩種情況都有，且
褒義出現更多。這裏根據文意是比喻「羽翼」、「輔佐
的人」。

　一般情況下，這五大規律便是命題者的出題角度。
懂得了文言實詞這幾種基本的情況，我們就能夠針對這
些現象，尋覓和把握我們學習和複習文言實詞的規律與
要點。下面我們從四個方面詳細說明學習實詞的方法。

一、根據語境檢索詞義

　文言實詞的釋義，一定要把「詞」放在「這個詞」的
語言環境中去理解，離開了詞語的環境，往往會出錯。
但是，在我們的學習、積累中，「詞」的意義往往是比
較單一的、常用的字典意義。我們的思維習慣方式，
也常常會有這樣的反應：看到一個詞語，首先跳出腦海
的是它的「字典意義」或「常用意義」。在解釋文言實詞
時，如果只是習慣按照自己「原有」的詞語積累去釋義，
那麼就會產生較大的錯誤了。所以，把握詞語的語境，
是解答文言實詞的關鍵所在，是解釋文言實詞的重中之
重。如：

昔有兔類而小，食谷於田。及谷熟，農者獲而歸之，兔類而小者亦隨而至。遂潛於農氏之室。善為盜，每竊食，能伺人出入時。主人惡之，遂題曰鼠。乃選才可捕者而舉焉。人曰：「蒼莽之野有獸，其名曰狸。有爪牙之用，食生物，善作怒，才稱捕鼠。」遂俾往，須其乳時，探其子以歸畜。既長，果善捕，遇之必怒而捕之。為主人搏鼠，既殺而食之，而群鼠皆不敢出穴。雖為己食而捕，人獲賴無鼠盜之患，即是功於人。何不改其狸之名，遂號之曰貓。貓者末也。蒼莽之野為本，農之事為末。見馴於人，是陋本而榮末。故曰貓。貓乃生育於農氏之室，及其子，已不甚怒鼠。蓋得其母所殺鼠，食而食之，以為不搏而能食。不見捕鼠之時，故不知怒。又其子，則疑與鼠同食於主人，意無害鼠之心。心與鼠類，反與鼠同為盜。

農遂歎曰：「貓本用汝怒，為我制鼠之盜。今不怒鼠，已是誠失汝之職。又反與鼠同室，遂亡乃祖爪牙之為用。而誘鼠之為盜，失吾望甚矣！」乃載以複諸野，又探狸之新乳歸而養。既長，遂捕鼠如囊之者。（陳黯《本貓說》）

文章中八個加點的字，可以分別從不同的角度思考其含義，但是必須緊緊聯繫這個詞語所在的語言環境。

「題」、「乳」均是非常用意義。就是說，字典上有這個意義，但不是我們平時經常使用的那個意義。因此，「題」是「稱呼」、「叫」；「乳」是「生育」、「生仔」。

「本」、「末」均是特殊意義。就是說，一般字典上並沒有這個意義，但是在現在特定的環境中，它具有其自身的特殊意義。「本」的意思為「在荒野覓食」、「活動」、「生存的主要能力」；「末」的意思為「在農夫家中

捕捉老鼠的次要能力」。

「陋」、「榮」、「(用汝) 怒」、「怒 (鼠)」均是語境意義。就是說，在現在的語言環境中，它產生了新的意義。「陋」的意思為「輕視」；「榮」的意思為「重視」；「怒」的意思為「野性」；「怒」的意思為「捕捉」、「吃」。

二、根據語法分析詞義

古文通常結構整齊，音韻和諧，只要把握住詞的結構、規律、成份，就可以較準確地分析出詞義。如：

錢之所在，危可使安，死可使活；錢之所去，貴可使賤，生可使殺。是故忿諍辯訟，非錢不勝；孤弱幽滯，非錢不拔；怨仇嫌恨，非錢不解；令問笑談，非錢不發。

錢能轉禍為福，因敗為成，危者得安，死者得生。性命長短，相祿貴賤，皆在乎錢，天何與焉？天有所短，錢有所長。四時行焉，百物生焉，錢不如天；達窮開塞，賑貧濟乏，天不如錢。若臧武仲之智，卞莊子之勇，冉求之藝，文之以禮樂，可以為成人矣。今之成人者何必然？唯孔方而已！

故曰：「君無財，則士不來；軍無賞，則士不往。」諺曰：「官無中人，不如歸田」。雖有中人，而無家兄，何異無足而欲行，無翼而欲翔！使才如顏子，容如子張，空手掉臂，何所希望？不如早歸，廣修農商，舟車上下，役使孔方。凡百君子，和塵同光，上交下接，名譽益彰！（節選魯褒《錢神論》）

文章中九個加點的短語，從語法上分析，可以看出它們有不同的結構層次。了解了它們的內部結構，就可以順利地解答其中任何一個字。

如「忿諍辯訟」、「孤弱幽滯」、「怨仇嫌恨」均是並列結構。也就是說，我們可以分別理解為「忿」、「諍」、「辯」、「訟」，「孤」、「弱」、「幽」、「滯」，「怨」、「仇」、「嫌」、「恨」，它們的每一個字都具有各自的含義。

　　而「和塵同光」、「達窮開塞」、「賑貧濟乏」都是由兩個並列的詞語構成。「和塵」與「同光」並列；「達窮」與「開塞」並列；「賑貧」與「濟乏」並列。再細分一層，我們可以發現它們都是由兩個動賓式詞語構成並列的，且前後兩個詞又是同義重複。「和塵同光」就是指與世俗、塵世混同，隨波逐流；「達」與「開」，是使動詞的用法，意思是使走投無路的人通達，使前途無望的仕途通暢；「賑」與「濟」是動作行為，即賑濟貧窮的人。

　　再如「令問笑談」是由兩個修飾和被修飾詞語構成的並列結構，即「美好的名聲」、「歡快的商談」。

　　「廣修農商」是由「動作」加「物件」構成的，即「廣泛地致力於農業和商業」。

　　「相祿貴賤」是由「物件」加「物件的狀態」構成的，即「權勢和俸祿的尊貴和低下」。

　　上述所舉的例子，只是對一個短語的內部結構的分析，在一般的情況下，我們還可以從更「廣「的區域去分析某一個「詞語」的語法位置和地位。古人講究結構整齊，音韻和諧，因而比較喜歡使用對偶句、整句。它們常常有這樣一些規律：句式整齊，句義相同、相近或相反，位置相同的詞成分相同。根據這一點，我們常常

可以由已知詞義推知未知詞義。如：

好自周，不肯自彰，勉以行操為基，恥以材能為名。眾會乎坐，不問不言，賜見君將，不及不對。在鄉里，慕蘧伯玉之節；在朝廷，貪史子魚之行。見汙傷，不肯自明；位不進，亦不懷恨。貧無一畝庇身，志佚於王公；賤無斗石之秩，意若食萬鍾。得官不欣，失位不恨。處逸樂而欲不放，居貧苦而志不倦。淫讀古文，甘聞異言。（王充《論衡・自紀》）

披五嶽之圖，以為知山，不如樵夫之一足；談滄溟之廣，以為知海，不如估客之一瞥；疏八珍之譜，以為知味，不如庖丁之一啜。（魏源《古微堂集・默觚》）

《論衡・自紀》文中的「勉」與「恥」相對，「慕」與「貪」相近，「貧」與「賤」、「志」與「意」相同，「淫讀」與「甘聞」感情色彩相同。《古微堂集・默觚》文中的「足」、「瞥」、「啜」，「披」、「談」、「疏」各自的詞性相同。由此可見，不能把「貪」、「淫讀」、「賤」的感情色彩顛倒了；不能把「足」譯為「腳」，應為「走一趟」的意思；「疏」通過「披」、「談」可以推知為「書寫」的意思。

三、根據修辭推敲詞義

在古文中運用修飾的地方較多，在閱讀時要結合上下文，弄清詞語的修飾義。古人在行文時比較喜歡使用比喻、擬人等修辭方法，所以我們在解釋時可以從這些修辭手法入手推敲詞義。如：

蘇長，武德四年王平後，其行台僕射蘇長以漢南歸順，高祖責其後服，長稽首曰：「自古帝王受命，為逐鹿之喻，一人得之，萬夫斂手。豈有獲鹿之後，忿同獵

之徒，問爭肉之罪也。」高祖與之有舊，遂笑而釋之。後從獵於高陵，是日大獲，陳禽於旌門。高祖顧謂群臣曰：「今日畋樂乎？」長對曰：「陛下畋獵，薄廢萬機，不滿十旬，未有大樂。」（《大唐新語》）

樓成，高子登而望之曰：「可矣！吾於山有穆然之思焉，於水有悠然之旨焉，可以被風之爽，可以負日之暄，可以賓月之來而餞其往，優哉遊哉，可以卒歲矣！」於是名之曰「可樓」，謂吾意之所可也。（高攀龍《可樓記》）

《大唐新語》一文中五個加點的字，前三個是比喻用法，不能從字面意義上去理解。「逐鹿」是「爭奪帝位、政權」的意思，因此，第二個詞「鹿」就是「帝位和政權」了。由此引出的第三個詞「獵」就不能只譯為「追逐野鹿」，而要譯為「打天下奪帝位」，但是後一個「獵」卻只是詞語的本來意義「打獵」了。兩個「獵」字，由於語言環境和修辭不同，意義也就完全不同了。

《可樓記》一文中的「被」、「賓」、「餞」都有着一定的修辭意義或特定的語法意義。在解釋時，要根據語言環境準確把握。如「被」的本義為「披」，在這裏可引申為「享受」；「賓」和「餞」則是詞類活用，意思分別為「像迎接賓客那樣迎接」，「設酒宴歡送」。

四、根據字形推斷詞義

漢字屬於象形文字，所以字形與字義有着密切的聯繫，我們可以在不斷的積累中找尋規律。比如，凡是「心」旁的字大都與「心理」相聯繫；凡是「扌」旁的字

大都指動作；凡是「酉」旁的字都與酒、釀相關聯；凡是「辶」旁的字都與「走」發生關係。而「言」、「衤」、「艸」、「肉（月）」、「礻」等等也都呈現出這種規律。

由於漢字的形與義有着如此的規律，我們在解釋、判斷字詞意思的時候，就可以根據語言環境，從「字形」來推斷「字義」。這也是解答文言實詞的一種好方法。這類知識點考查常以選擇題的形式出現。如：

1　對下列句子中加點的詞的解釋，不正確的一項是

A 多辯，常以談笑諷諫辯：辯駁

B 席以露牀，啗以棗脯啗：給……吃

C 有敢以馬諫者，罪至死諫：規勸

D 屬我貧困往見優孟屬：囑咐

> 分析：A、B、C 三項的詞義都與字形相聯繫。（答案是 A，辯才。多辯，富有辯才。）

2　對下列句子中加點的詞的解釋，不正確的一項是

A 不恒其業　恒：固定　　B 可以喻大　喻：比喻

C 道能諷之　諷：背誦　　D 遽命道對面草詞　遽：立即

> 分析：B、C 兩項的字形與詞義相聯繫。（答案是 B，是表達、說明。可以從字形作判斷。）

3　對下列句子中加點的詞的解釋，不正確的一項是

A 娶婦必責財，貧人女至老不得嫁責：索求

B 夏人迴圍間見，疑以為誘敵不敢擊間：間或

C 富人有不佔田籍而質人田券至萬畝質：質問
D 顏無子，不克葬克：能夠

> 分析：A、C 兩項的兩個字中都有「貝」，「貝」與錢財產生聯繫。（答案是 C，意為抵押。）

4　對下列句子中加點的詞語的解釋，不正確的一項是
　　A 予為兒童時，多遊其家遊：遊玩；交往
　　B 然予猶少，未能悉究其義悉：全，都
　　C 因怪時人之不道，而顧己亦未暇學怪：責怪，責備
　　D 文字刻畫頗精於今世俗本，而脫繆尤多繆：通「謬」，
　　　謬誤

> 分析：C 項「怪」字，是「心」旁，應該與心理產生聯繫。（答案是 C，意為奇怪。）

　　總之，解釋文言實詞的關鍵要義，就是緊緊聯繫這個需要解釋的「字」的基本特徵：語境、語法、修辭、字形等，從四個方面都去試試，然後進行辨識和判斷，這樣我們就可以獲得較高的答題準確率了。

第二章

文言虛詞

虛詞的意義

　　與實詞相對，沒有實在意義的詞我們通常稱為虛詞，如「乃」、「於」、「而」等。在對虛詞的學習中，需要掌握的是虛詞的意義與類別，尤其是虛詞的意義。

　　虛詞的意義不像實詞那樣實在，有些甚至只有語法意義（即語法作用），而沒有詞彙意義。在一般情況下，我們應當掌握那些常用而重要的虛詞意義，判斷和辨識「它」大致相當於現代漢語的哪個詞語。對此，我們要注意幾點：代詞和副詞的意義，古今介詞的對應關係，連詞，人稱代詞，特別是表單數與表複數不同的人稱代詞。

　　對於那些無法翻譯的虛詞，我們只需掌握其語法作用就可以了。如下文：

　　韓信使人間視 [①]，知其（廣武君）不用，還報，則（就，或不譯）大喜，乃（才）敢引兵遂（就，或不譯）下。未至井陘口三十里，止舍。夜半傳發，選輕騎二千人，人持一赤幟，從間道萆 [②] 山而（連詞，不譯）望趙軍，誡曰：「趙見我（我們，韓信的軍隊）走，必空壁 [③] 逐我，若（你們）疾入趙壁，拔趙幟，立漢赤幟。」令其（韓信軍隊）裨將 [④] 傳飧，曰：「今日破趙會食！」諸將皆莫信，詳 [⑤] 應曰：「諾。」謂軍吏曰：「趙已先據便地為壁，且彼（他們，趙軍）未見吾（我們，韓信軍隊）大將 [⑥] 旗鼓，未肯擊前行，恐吾

至阻險而（就，或不譯）還。「信乃（就，於是）使萬人先行，出，背水陳⑦。趙軍望見而（連詞，不譯）大笑。平旦⑧，信建大將之旗鼓，鼓行出井陘口，趙開壁擊之，大戰良久。於是信、張耳詳棄鼓旗，走水上軍。水上軍開入之（他們，趙軍），復疾戰。趙果（果然，果真）空壁爭漢鼓旗，逐韓信、張耳。韓信、張耳已入水上軍，軍皆殊死戰，不可敗。信所出奇兵二千騎，共候趙空壁逐利⑨，則（就）馳入趙壁，皆拔趙旗，立漢赤幟二千。趙軍已不勝，不能得信等，欲還歸壁，壁皆漢赤幟，而（因而）大驚，以為漢皆（全都）已得趙王將矣，兵遂（於是，就）亂，遁走，趙將雖斬之（他們，趙軍的戰士），不能禁也。於是漢兵夾擊，大破虜趙軍，斬成安君泜水上，禽趙王歇。（《史記》）

注：① 間視：暗中探聽，窺伺。② 革：通「蔽」，隱蔽。③ 空壁：全軍離營。④ 裨將：偏將，副將。⑤ 詳：通「佯」，假裝。⑥ 大將旗鼓：主將的旗幟和儀仗。⑦ 陳：同「陣」，打仗時的戰鬥佇列。⑧ 平旦：天剛亮。⑨ 逐利：追奪戰利品。

　　上文中出現的代詞有「其」、「我」、「若」、「彼」、「吾」、「之」；副詞有「乃」、「遂」、「果」、「皆」；連詞有「而」、「則」等等。我們可以看出，根據它們所依附的實詞，它們往往有着不同的意義，有時同一個虛詞因附着的實詞不同，其意義也不同。

虛詞的分類

　　虛詞的類別，即按照虛詞的詞性具體劃分為不同類別。我們習慣上把古漢語虛詞分成五類：副詞、介詞、連詞、語氣詞和代詞。在學習虛詞時，不但要求把這幾類虛詞的界限分清楚，能判斷出它們的詞性來，而且還要知道各類虛詞中的小類。如代詞有「人稱代詞」、「疑問代詞」、「指示代詞」之分，副詞也有「時間副詞」、「範圍副詞」、「程度副詞」、「情態副詞」之別等。

一、一詞多類多用

　　每個詞都涉及到幾類或幾種用法的虛詞是虛詞辨識的重點，這些詞主要有：之、乎、者、也、以、於、而、則、焉、其、乃、與、矣、且、夫、為、所、哉等。

二、多詞異形同類

　　雖然許多詞的字形不同，但是它們屬於同一類。

1　副詞，表示限定範圍，一般可以翻譯成「只」、「只是」、「只有」、「僅僅」等。如：〔只〕〔止〕〔特〕〔但〕〔徒〕〔唯〕〔僅〕〔直〕〔啻〕

2　副詞，表示範圍，一般可以翻譯成「都」、「全部」、「完全」、「統統」、「所有」等。如：〔皆〕〔悉〕〔鹹〕〔舉〕〔具（俱）〕

3　副詞，表示否定，一般可以翻譯成「不」、「沒（有）」、「不要」、「別」等。如：〔否〕〔未〕〔無〕〔勿〕〔弗〕〔莫〕〔非〕〔毋〕

4　時間副詞，表示時間較短暫，一般可以翻譯成「不久」、「立刻」、「隨即」、「一會兒」、「片刻」等。如：〔少時〕〔少頃〕〔少間〕〔俄而〕〔俄頃〕〔未幾〕〔須臾〕〔尋〕〔旋〕〔既而〕〔斯須〕

5　副詞，表示情態，一般可以翻譯成「突然」、「忽然」、「立刻」、「急忙」、「馬上」、「就」等。如：〔猝〕〔遽〕〔輒〕〔忽〕〔奄〕〔即〕

6　代詞，第一人稱代詞，一般可以翻譯成「我（的）」。如：〔我〕〔吾〕〔餘〕〔予〕

7　代詞，第二人稱代詞，一般可以翻譯成「你（的）」、「你們（的）」。如：〔汝（女）〕〔若〕〔乃〕〔而〕〔爾〕〔子〕

8　代詞，第三人稱代詞（也作指示代詞），一般可以翻譯成「他」、「他們」、「這」、「那」等。如：〔彼〕〔其〕〔之〕

9　疑問代詞，可以指代人，也可以指代事、物，一般可以翻譯成「誰」、「甚麼」、「哪裏」、「哪一個」、「怎麼」等。如：〔孰〕〔安〕〔胡〕〔何〕〔曷〕〔奚〕〔焉〕

10　句首虛詞，引起議論或表示感歎，一般可以不譯。如：〔夫〕〔蓋〕〔嗟夫〕〔嗚呼〕〔噫〕〔若夫〕

11　句末虛詞，表示各種語氣，一般可以翻譯成「嗎」、

「呢」、「了」、「啊」、「吧」等,也可以不譯。如:〔者〕
〔也〕〔乎〕〔哉〕〔矣〕〔焉〕〔邪(耶)〕〔耳〕〔爾〕〔與
(歟)〕

三、特殊形式

1　連用:尚猶、借第令
2　兼詞:諸(之於;之乎)、盍(何不)、曷(何不)、
　　焉(於之,於是)、叵(不可)等。

如何學習文言虛詞

　　掌握常見的文言虛詞是閱讀文言文的基礎，推斷虛詞在具體語境中的用法和意義，是閱讀文言文必須具備的能力。由於虛詞的用法非常靈活而多變，加上範圍大、運用廣，因此把握起來難度較大。因此我們一方面可以通過朗讀並背誦一定的文言文來形成文言語感，另一方面理解和識記文言虛詞的基本用法並逐漸形成文言虛詞的知識系統。

一、文意推斷法

　　根據文章的大意推斷虛詞在文中的用法和意義是在學習和考試中常用的方法。如「設九賓於廷，臣乃敢璧」一句中的「乃」是甚麼意義呢？我們可以聯繫上下文意思。前文提到藺相如說和氏璧是天下共同稱頌的寶玉，趙王送璧時設九賓禮於庭，表示對大國的尊重，那麼璧送來了，秦王也應對趙國表示尊重。這樣看來，「設九賓於廷」是藺相如提出的一個必要條件，兩句之間是「只有⋯⋯才⋯⋯」的關係。因此，「乃」應解釋為「才」。

　　又如「府吏聞此變，因求假暫歸」一句的「因」是甚麼意思呢？若能譯出句子的意思「府吏聽說了這個變故，就暫時請假趕了回去」，就很容易地能確定「因」是

連詞「於是」、「就」，表承接關係。

二、代入篩選推斷法

　　如果我們知道某個虛詞的基本用法和意義，在閱讀和解題時，就可將它的「這個用法」代入句子中去理解，挑選其中講得通的一項，從而獲得正確的答案。如判斷「與我銀，為君致閣職」一句中的「為」字用法。「為」有「作為」、「認為」、「替代」等多種用法，只有把「替、給」代入句中理解：「給我銀子，我為你謀個內閣職務」，句子才是通的，所以該處的「為」作介詞「替」、「給」講。

　　在考試中常常是給出兩個句子，讓我們判斷句中某個虛詞的用法是否相同，我們可以將其中能確定的一句中的虛詞用法和意義代入另一句來理解，看句子是否講得通，如果講得通，那用法和意義就是一樣的，如果講不通，意義和用法就不一樣。這樣的方法需要一定數量的練習後才可熟能生巧。

三、結構推斷法

　　文言句子經常呈現整齊、對稱的句式現象，了解了這個道理，我們可以根據位置從一個詞的意義和用法推知相同位置的另外一個詞的意義和用法。如「木欣欣以向榮，泉涓涓而始流」一句中，「而」是連詞表修飾關係，那麼「以」也該和它相同，作連詞表修飾關係。

通常情況下，我們也可以根據詞語在句子中所處的成分來推斷。不同的句子成分就決定了詞語的詞性和用法。如「縱其所如，或立於陂田」和「盡吾志也而不能至者，可以無悔矣，其孰能譏之乎」兩句，第一句的「其」在句中作主語，因此應該是代詞「它（指鶴）」；後一句的「其」不作句子成分，只表反問語氣，因此應該是副詞。兩句一比較就可以清楚地看出它們的區別。

四、標誌推斷法

有些虛詞具有構成文言特殊句式的詞語「標誌」，抓住這些標誌，一般情況我們就能迅速地確定虛詞的意義和用法了。如判斷句的標誌為「者」、「也」、「乃」等，被動句的標志為「見」、「於」、「為所」等，賓語前置的標誌為「是」、「之」等。這些虛詞的詞性和意義是確定的，只要判斷出是哪種標誌，就找到了它的用法和意義了。如「使小人在側，臣之罪也」中的「也」，只需抓住該句是「判斷句」這個標誌，就能確定「也」是助詞，表判斷語氣。而「臣之壯也，猶不如人」中的「也」雖也是助詞，但不是判斷，只在句中起停頓的作用。

考試提示

　　虛詞的複習，一要分清虛實，二要辨明用法，三要注意特殊現象。

　　分清虛實。文言虛詞分類大體上和現代漢語相同，但是也有其不同的地方，比如代詞一般也歸入虛詞一類。尤其要注意的是，文言虛詞大多是從實詞借用或實詞虛化而來的，因而某個詞可以同時兼有實、虛兩種用法，學習時必須分清虛實。如「父母之愛子，則為之計深遠」(《觸龍說趙太后》)中的「為」是介詞「替」的意思，不是動詞。

　　辨明用法。有些虛詞不僅兼有實詞的用法，而且在虛詞範圍內又有多種用法，這要根據它在句子裏的作用來確定。如「巫醫樂師百工之人，君子不齒，今其智乃反不能及，其可怪也歟」(《師說》)，前一個「其」是代詞，代上文的「君子」；後一個「其」是副詞，相當於「難道」，加強反詰語氣。

　　注意特殊現象。文言虛詞中還有一些特殊現象，如「兼詞用法、虛實的連用」、「雙音異義」等現象，學習時要特別注意。

　　虛詞的複習，要把虛詞放到句子或文章中去辨識和理解。千萬不要把虛詞作為一個單獨或孤立的內容來學習和複習。因為有較多的虛詞難以有非常準確的現代詞語與之相對應，所以，從上文我們也可以了解部分虛詞是

可以不譯的。也正因為這樣，虛詞的考查較多採用的是
「選擇題」的形式，它只是考查我們對虛詞的辨識和區分。
對於少數課本或語法書並不完全一致的虛詞的歸類，我
們大可不必去作「研究」，因為我們只要知道它們之間的
「同」或「異」即可。

　　辨識虛詞意義和類別的主要方法是：確定位置，辨
析詞性，審視意義，揣摩關係（語法）。而這一切又是建
立在長期的朗讀和背誦基礎之上的。因此重視朗讀和背
誦是掌握文言虛詞的最主要的方法，也是最有效的方法。

重點虛詞用法小詞典

　　辨識虛詞意義和類別要突出重點。從近幾年考試的情況看「而、何、乎、乃、其、且、然、若、所、為、焉、也、以、因、於、則、者、之」等 18 個虛詞出現頻率較高，這可以作為我們複習的重點。

一、【其】

1　用作代詞。

❶ 第三人稱代詞，可代人代事物，用在名詞之前，作領屬性定語，可譯為「他的」、「她的」、「它的」（包括複數）。如：

　　Ａ 女子十七不嫁，其父母有罪。（《勾踐滅吳》）
　　Ｂ 臣從其計，大王亦幸赦臣。（《廉頗藺相如列傳》）

❷ 第三人稱代詞，一般代人，用在動詞或形容詞之前，作主謂短語中的小主語（整個主謂短語，在句中作主語或賓語），應譯為「他」、「她」、「它」（包括複數）。如：

　　Ａ 秦王恐其破壁。（《廉頗藺相如列傳》）
　　Ｂ 其聞道也固先乎吾。（《師說》）

❸ 活用為第一人稱或第二人稱，可用作定語或小主語，視句意譯為「我的」、「我（自己）」、「你」等。如：

　　Ａ 老臣以媼為長安君計短也，故以為其愛不若燕后。
　　　　（《觸龍說趙太后》）
　　Ｂ 而余亦悔其隨之而不得極夫游之樂也。（《遊褒禪山記》）

❹ 指示代詞，表示遠指，可譯為「那」、「那個」、「那些」、「那裏」等。如：

　　Ａ 及其出，則或咎其欲出者。（《遊褒禪山記》）

B 不嫁義郎體，其往欲何云？（《孔雀東南飛》）
C 今操得荊州，奄有其地。（《赤壁之戰》）

❺ 指示代詞，表示近指，相當於「這」、「這個」、「這些」。如：
A 有蔣氏者，專其利三世矣。（《捕蛇者說》）
B 今存其本不忍廢。（《〈指南錄〉後序》，「其」指「這」。）

❻ 指示代詞，表示「其中的」，後面多為數詞。如：
A 於亂石間擇其一二扣之。（《石鐘山記》）
B 其一犬坐於前。《狼》

2　用作副詞，放在句首或句中，表示測度、反詰、婉商、期望等語氣，常和放在句末的語氣助詞配合，視情況可譯為「大概」、「難道」、「還是」、「可要」等，或不譯。

❶ 加強祈使語氣，相當於「可」、「還是」。如：
A 攻之不克，圍之不繼，吾其還也。（《燭之武退秦師》）
B 與爾三矢，爾其無忘乃父之志！（《伶官傳序》）

❷ 加強揣測語氣，相當於「恐怕」、「或許」、「大概」、「可能」等。如：
A 王之好樂甚，則齊國其庶幾乎？（《莊暴見孟子》）
B 聖人之所以為聖，愚人之所以為愚，其皆出於此乎？（《師說》）

❸ 加強反問語氣，相當於「難道」、「怎麼」。如：
A 以殘年餘力，曾不能毀山之一毛，其如土石何？（《愚公移山》）
B 且行千里，其誰不知？（《殽之戰》）

3 用作連詞。

❶ 表示選擇關係，相當於「是……還是……」。如：
嗚呼！其信然邪？其夢邪？其傳之非其真邪？(《祭十二郎文》)

❷ 表示假設關係，相當於「如果」。
A 其業有不精，德有不成者，非天質之卑，則心不若余之專耳。(《送東陽馬生序》)
B 沛然下雨，則苗浡然興之矣。其若是，孰能禦之？(《孟子見梁襄王》)

4 助詞，起調節音節的作用，可不譯。如：
A 路漫漫其修遠兮，吾將上下而求索。(《離騷》)
B 佩繽紛其繁飾兮，芳菲菲其彌章。(《離騷》)

二、【之】

1 代詞。

❶ 第三人稱代詞，相當於「他」、「她」、「它（們）」。有時靈活運用於第一人稱或第二人稱。如：
A 太后盛氣而揖之。(《觸龍説趙太后》)
B 不知將軍寬之至此也。(《廉頗藺相如列傳》，之：我。)

❷ 指示代詞，意為「這」、「此」。如：
A 夫子欲之，吾二臣者皆不欲也。(《季氏將伐顓臾》)
B 均之二策，寧許之以負秦曲。(《廉頗藺相如列傳》)

2 助詞。

❶ 相當於現代漢語的「的」，放在定語和中心語（名詞）之間。如：
A 虎兕出於柙，龜玉毀於櫝中，是誰之過與？(《季氏

將伐顓臾》）

　　Ｂ子而思報父母之仇，臣而思報君之仇。（《勾踐
　　　滅吳》）

❷ 放在主語和謂語之間，取消句子的獨立性。如：

　　Ａ臣之壯也，猶不如人；今老矣，無能為也已。（《燭
　　　之武退秦師》）

　　Ｂ客之美我者，欲有求於我也。（《鄒忌諷齊王納諫》）

❸ 放在倒置的動（介）賓短語之間，作為賓語提前的標
　　誌。如：

　　Ａ詩云：「他人有心，予忖度之。」（《齊桓晉文之事》）

　　Ｂ譬若以肉投餒虎，何功之有哉？（《信陵君竊符
　　　救趙》）

❹ 放在倒置的定語與中心語之間，作為定語後置的標
　　誌。如：

　　Ａ蚓無爪牙之利，筋骨之強。（《勸學》）

　　Ｂ石之鏗然有聲者，所在皆是。（《石鐘山記》）

❺ 結構助詞，補語的標誌，用在中心語（動詞、形容詞）
　　和補語之間，可譯為「得」。如：

　　Ａ古之人觀於天地、山川、草木、蟲魚、鳥獸，往往
　　　有得，以其求思之深而無不在也。（《遊褒禪山記》，
　　　第一個「之」指「的」，第二個「之」可譯為「得」。）

❻ 用在時間副詞或動詞（多為不及物動詞）後面，湊足音
　　節，沒有實在意義。如：

　　Ａ填然鼓之，兵刃既接，棄甲曳兵而走。（《寡人之於
　　　國也》）

　　Ｂ余扃牖而居，久之，能以足音辨人。（《項脊軒志》）

【「之」的特殊用法】

動詞，到……去。如：

　　Ａ卒之東郭墦間，之祭者，乞其餘；不足，又顧而
　　　之他。（《齊人有一妻一妾章》，第一個「之」是指
　　　「到……去」。）

B 有牽牛而過堂下者，王見之，曰：「牛何之？」（《齊
　桓晉文之事》，第一個「之」是代詞，第二個「之」
　是「到……去」。）

三、【乎】

1　作語氣助詞。

❶ 表疑問語氣，可譯為「嗎」、「呢」。如：
　A 技蓋至此乎？（《庖丁解牛》）
　B 今君王既棲於會稽之上，然後乃求謀臣，無乃後
　　乎？（《勾踐滅吳》）

❷ 表示反問語氣，相當於「嗎」。如：
　A 王侯將相寧有種乎？（《陳涉世家》）
　B 吾師道也，夫庸知其年之先後生於吾乎？（《師說》）
　C 事不目見耳聞，而臆斷其有無，可乎？《石鐘山記》

❸ 表測度或商量語氣，可譯為「吧」。如：
　A 日食飲得無衰乎。（《觸龍說趙太后》）
　B 今亡亦死，舉大計亦死，等死，死國可乎？（《陳涉
　　世家》）
　C 王之好樂甚，則齊其庶幾乎。《莊暴見孟子》

❹ 用於感歎句或祈使句，可譯為「啊」、「呀」等。如：
　A 宜乎百姓之謂我愛也！（《齊桓晉文之事》）
　B 嗚乎！孰知賦斂之毒有甚是蛇者乎！（《捕蛇者說》）
　C 嗟乎，燕雀安知鴻鵠之志哉！《陳涉世家》

❺ 用在句中的停頓處，可不譯。如：
　A 於是乎書。（《獄中雜記》）
　B 胡為乎遑遑欲何之？（《歸去來辭》）

2　用作介詞，相當於「於」、「對」，在文中有不同的翻
　　譯。如：
　A 醉翁之意不在酒，在乎山水之間也。（《岳陽樓記》，

乎：於。）

B 吾嘗疑乎是。（《捕蛇者説》，乎：對於。）

3 可作詞尾，譯為「……的樣子」、「……地」等。如：

A 以無厚入有間，恢恢乎其于遊刃必有餘地矣。（《庖丁解牛》）

B 浩浩乎如馮虛御風，而不知其所止；飄飄乎如遺世獨立，羽化而登仙。（《赤壁賦》）

四、【所】

1 名詞，譯為「處所」、「地方」等。如：

A 又間令吳廣之次所旁叢祠中。（《陳涉世家》）

B 某所，而母立於茲。（《項脊軒志》）

2 助詞。

❶ 在動詞前同動詞組成「所」字結構，表示「所……的人」、「所……的事物」、「所……的情況」等。如：

A 於眾人廣坐之中，不宜有所過，今公子故過之。（《信陵君竊符救趙》）

B 故餘雖愚，卒獲有所聞。（《送東陽馬生序》）

C 衣食所安，弗敢專也。（《曹劌論戰》）

❷ 「所」和動詞結合，如果後面還有名詞性結構，則所字結構起定語的作用。如：

A 夜則以兵圍所寓舍。（《〈指南錄〉後序》）

B 臣所過屠者朱亥，此子賢者，世莫能知，故隱屠間耳。（《信陵君竊符救趙》）

【「所」的特殊用法】

① 為……所……：「為」和「所」呼應，組成「為……所……」的格式，表示被動。

A 嬴聞如姬父為人所殺。（《信陵君竊符救趙》）

B 僕以口語遇遭此禍，重為鄉黨所笑，以污辱先人（《報任安書》）

② 所以
　❶ 表示行為所憑藉的方式、方法或依據，相當於「用來……的方法」、「是用來……的」等。
　　A 吾所以待侯生者備矣，天下莫不聞。（《信陵君竊符救趙》）
　　B 師者，所以傳道受業解惑也。（《師説》）
　❷ 表示原因，相當於「……的原因（緣故）」等。
　　A 所以遣將守關者，備他盜之出入與非常也。（《鴻門宴》）
　　B 吾所以為此者，以先國家之急而後私仇也。（《廉頗藺相如列傳》）

③ 所謂：所説的。
　　A 此所謂戰勝於朝廷。（《鄒忌諷齊王納諫》）
　　B 非吾所謂傳其道解其惑者也。（《師説》）

④ 所在：到處，所在之處，處所。
　　A 石之鏗然有聲者，所在皆是也。（《石鐘山記》）
　　B 急趨之，折過牆隅，迷其所在。（《促織》）

五、【而】

1　用作連詞，可連接詞、短語和分句，表示多種關係。

　❶ 表示並列關係，一般不譯，有時可譯為「又」。如：
　　A 北救趙而西卻秦。《信陵君竊符救趙》
　　B 蟹六跪而二螯，非蛇鱔之穴無可寄託者。（《勸學》）
　　C 性貪而狼，黨豺為虐。（《中山狼傳》）

　❷ 表示遞進關係，可譯為「並且」、「而且」。如：
　　A 今媼尊長安君之位，而封之以膏腴之地。（《觸龍説趙太后》）
　　B 回視日觀以西峰，或得日，或否，絳皓駁色，而皆若僂。（《登泰山記》）

❸ 表示承接關係，可譯為「就」、「接着」，或不譯。如：
　Ａ 人非生而知之者，孰能無惑？（《師説》）
　Ｂ 吾方心動欲還，而大聲發於水上。《石鐘山記》

❹ 表示轉折關係，可譯為「但是」、「卻」。如：
　Ａ 千里馬常有，而伯樂不常有。（《馬説》）
　Ｂ 有如此之勢，而為秦人積威之所劫。（《六國論》）

❺ 表示假設關係，可譯為「如果」、「假如」。如：
　Ａ 諸君無意則已，諸君而有意，瞻予馬首可也。（《馮婉貞》）
　Ｂ 死而有知，其幾何離？（《祭十二郎文》）

❻ 表示修飾關係，即連接狀語和中心語，可不譯。如：
　Ａ 吾恂恂而起。（《捕蛇者説》）
　Ｂ 填然鼓之，兵刃既接，棄甲曳兵而走。（《寡人之於國也》）
　Ｃ 北山愚公，年且九十，面山而居。《愚公移山》

❼ 表示因果關係。如：
　Ａ 表惡其能而不用也。（《赤壁之戰》）
　Ｂ 餘亦悔其隨之而不得極夫游之樂也。（《遊褒禪山記》）

❽ 表示目的關係。如：
　Ａ 縵立遠視，而望幸焉。（《阿房宮賦》）
　Ｂ 籍吏民，封府庫，而待將軍。（《鴻門宴》）

2　通「爾」，用作代詞，第二人稱，一般作定語，可譯為「你的」。偶爾也作主語，可譯為「你」。如：

Ａ 而翁長銓，遷我京職，則汝朝夕侍母。（《王忠肅公翱事》，「而」意為「你的」。）
Ｂ 某所，而母立於茲。（《項脊軒志》，「爾」意為「你」。）
Ｃ 爾安敢輕吾射？（《賣油翁》，「爾」意為「你」。）

【「而」的特殊用法】

① 而已：放在句末，表示限止的語氣助詞，相當於「罷了」。如：

未幾而搖首頓足者，得數十人而已。(《虎丘記》)

② 而後：才，方才。如：

臣鞠躬盡瘁，死而後已。(《陳情表》)

③ 而況：即「何況」，用反問的語氣表示更進一層的意思。如：

臣雖下愚，知其不可，而況於明哲乎。(《諫太宗十思疏》)

④ 既而：不久，一會兒。如：

既而將訴于舅姑，舅姑愛其子，不能禦。(《柳毅傳》)

六、【何】

1 用作疑問代詞，表詢問或反問。

❶ 單獨作謂語，表原因，後面常有語氣助詞「哉」、「也」等，可譯為「為甚麼」、「甚麼原因」等。如：

A 寡人之民不加多，何也。《寡人之于國也》
B 予嘗求古仁人之心，或異二者之為，何哉？(《岳陽樓記》)

❷ 作動詞或介詞的賓語。作動詞的賓語，常放在謂語動詞前，主要代處所和事物，可譯為「哪裏」、「甚麼（東西)」。需注意的是譯時「何」要後置。如：

A 一旦山陵崩，長安君何以自托于趙？(《觸龍說趙太后》)
B 大王來何操？(《鴻門宴》)

❸ 作定語，用在名詞或名詞短語之前，常用來表示詢問，可譯為「甚麼」、「哪」等。如：

A 然則何時而樂耶？(《岳陽樓記》)
B 何陋之有？(《陋室銘》)
C 其間旦暮聞何物，杜鵑啼血猿哀鳴。《琵琶行》

2 用作疑問副詞。

❶ 用在句首或動詞前，常表示反問，可譯為「為甚麼」、「怎麼」等。如：

A 何不按兵束甲，北面而事之？（《赤壁之戰》）

B 徐公何能及君也？（《鄒忌諷齊王納諫》）

❷ 用在形容詞前，表示程度深，可譯為「怎麼」、「多麼」、「怎麼這樣」等。如：

A 至於誓天斷髮，泣下沾襟，何其衰也！（《伶官傳序》）

B 巫嫗何久也！弟子趣之！（《西門豹治鄴》）

【「何」的特殊用法】

① 何：通「呵」，喝問（實詞）。如：

信臣精卒陳利兵而誰何。（《過秦論》，誰何：呵問他是誰。）

② 何如：常用在疑問句中，表示疑問或反問，譯為「怎麼樣」、「甚麼樣」等。如：

A 樊噲曰：「今日之事何如？」（《鴻門宴》）

B 以五十步笑百步，則何如？（《季氏將伐顓臾》）

③ 「若何」、「何若」、「若……何」和「奈何」、「何奈」、「奈之何」用法相同，表示詢問怎樣處置，可譯為「怎麼」、「怎麼樣」、「對……怎麼樣」、「把……怎麼樣」等。如：

A 沛公大驚，曰：「為之奈何？」（《鴻門宴》）

B 取吾璧，不予我城，奈何？（《廉頗藺相如列傳》）

④ 何以：即「以何」，介賓短語，用於疑問句中作狀語，根據「以」的不同用法，分別相當於「拿甚麼」、「憑甚麼」等。如：

A 何以戰？（《曹劌論戰》）

B 一旦山陵崩，長安君何以自托於趙？（《觸龍說趙太后》）

七、【若】

1 動詞，譯為「像」、「好像」。如：

A 其若是，孰能禦之。（《齊桓晉文之事》）
B 視之，形若土狗，梅花翅，方首，長脛，意似良。
（《促織》）

2 用作代詞。

❶ 表對稱，相當於「你」、「你們」；作定語時則譯為「你
的」。如：
A 若毒之乎？（《捕蛇者說》）
B 若入前為壽，壽畢，請以劍舞（《鴻門宴》）

❷ 表近指，相當於「這」、「這樣」、「如此」。如：
A 以若所為求若所欲，猶緣木而求魚也。（《齊桓晉文
之事》）
B 南宮適出，子曰：「君子哉若人！」（《論語》）

3 用作連詞。

❶ 表假設，相當於「如果」、「假設」等。如：
A 若舍鄭以為東道主。（《燭之武退秦師》）
B 若不能，何不按兵束甲，北面而事之！（《赤壁
之戰》）

❷ 表選擇，相當於「或」、「或者」。如：
以萬人若一郡降者，封萬戶。（《漢書‧高帝紀》）

❸ 至，至於。如：
若民，則無恆產，因無恒心。（《齊桓晉文之事》）

【「若」的特殊用法】

① 「至若」、「若夫」是用在一段話的開頭，表示另起話題，
引起論述的詞，近似「要說那」、「像那」、「如果說到」
的意思，有時不譯。如：
A 若夫霪雨霏霏，連月不開。（《岳陽樓記》）

Ｂ 至若春和景明。（《岳陽樓記》）

② 若何：怎麼樣。如：

以閒敝邑，若何？（《殽之戰》）

八、【也】

1 句末語氣詞。

❶ 表示判斷語氣。如：

Ａ 城北徐公，齊國之美麗者也。（《鄒忌諷齊王納諫》）
Ｂ 張良曰：「沛公之參乘樊噲者也」。（《鴻門宴》）

❷ 句末語氣詞，表示陳述或解釋語氣。如：

Ａ 即不忍其觳觫，若無罪而就死地，故以羊易之也。
（《齊桓晉文之事》）
Ｂ 雷霆乍驚，宮車過也。（《阿房宮賦》）

❸ 用在句中或句末，表示肯定、感歎的語氣。如：

Ａ 嗚呼！滅六國者六國也，非秦也。族秦者秦也，非
天下也。（《過秦論》）
Ｂ 古之人不余欺也。（《石鐘山記》）

❹ 用在句末，表示疑問、反詰或感歎語氣。當「也」表示
疑問語氣和感歎語氣時，句中一般要用疑問代詞。如：

Ａ 吾王庶幾無疾病與，何以能鼓樂也？（《莊暴見
孟子》）
Ｂ 君美甚，徐公何能及君也！（《鄒忌諷齊王納諫》）

❺ 用在句末，表示祈使語氣，常譯為「還是」。如：

攻之不克，圍之不繼，吾其還也。（《殽之戰》）

2 句中語氣詞。用在句中，表示停頓，以舒緩語
氣。如：

Ａ 當余之從師也，負篋曳屣，行深山巨谷中。（《送東陽
馬生序》）
Ｂ 是說也，人常疑之。（《石鐘山記》）

【「也」的特殊用法】

① 「……之謂也」：相當於「說的就是……啊」。如：
野語有之曰：「聞道百，以為莫己若者。」我之謂也。
(《莊子‧秋水》)

② 也哉：語氣助詞連用，為加強語氣，多有感歎或反詰之意。如：
A 豈非計久長有子孫相繼為王也哉？(《觸龍說趙太后》)
B 豈獨伶人也哉！(《伶官傳序》)

九、【為】

1 動詞。

❶ 有「做」、「作為」、「充當」、「變成」、「成為」等義，翻譯比較靈活，有「萬能動詞」的說法，即根據上下文的意思譯成一個恰當的動詞。如：
A 冰，水為之，而寒於水。(《勸學》)
B 今日嬴之為(幫助)公子亦足矣。(《信陵君竊符救趙》)

❷ 以為，認為。如：
A 兩小兒笑曰：「孰為汝多知乎！」(《兩小兒辯日》)
B 此亡秦之續耳。竊為大王不取也。(《鴻門宴》)

❸ 判斷詞，是。如：
A 如今人方為刀俎，我為魚肉。(《鴻門宴》)
B 非為織作遲，君家婦難為。(《孔雀東南飛》)

2 介詞 (除表被動外，一律讀作去聲)。

❶ 表被動，讀 wéi，有時跟「所」結合，構成「為所」、「為……所」，可譯為「被」。如：
A 嬴兵為人馬所蹈藉，陷泥中死者甚眾。(《赤壁之戰》)
B 不者，若屬皆且為所虜。(《鴻門宴》)

❷ 表示動作、行為的目的，可譯為「為了」、「為着」
　等。如：
　A 今為宮室之美為之。(《魚我所欲也》)
　B 為宮室之美，妻妾之奉，所識窮乏者得我歟。(《魚
　　我所欲也》)

❸ 表示動作、行為的替代，可譯為「替」、「給」等。如：
　A 臣請為王言樂。(《莊暴見孟子》)
　B 父母之愛子，則為之計深遠。(《觸龍說趙太后》)

❹ 表示動作、*行為的物件，可譯為「向」、「對」等。如：
　A 此中人語云：「不足為外人道也。」(《桃花源記》)
　B 如姬為公子泣。(《信陵君竊符救趙》)

3　句末語氣詞，讀 wéi，放在疑問句之末，表示疑問或
　反詰。前面有疑問代詞跟它呼應，可譯為「呢」。如：
　　A 是社稷之臣也。何以伐為？(《季氏將伐顓臾》)
　　B 何故懷瑾握瑜而自令見放為？(《屈原列傳》)

❶ 表示動作、行為的原因，可譯作「因為」、「由於」
　「等」。如：
　飛鳥為之徘徊，壯士聽而下淚矣。(《虎丘記》)

十、【焉】

1　兼詞。

　❶ 相當於「於之」、「於此」、「於彼」。如：
　　A 三人行，必有我師焉。(《論語》，焉：在其中。)
　　B 積土成山，風雨興焉。(《勸學》，焉：從這裏。)

　❷ 相當於「於何」，譯為「在哪裏」、「從哪裏」等。如：
　　A 焉有仁人在位，罔民而可為也？(《齊桓晉文之事》)
　　B 且焉置土石？(《愚公移山》)

2　代詞。

　❶ 用在動詞之後，做第三人稱，相當於「之」，譯作「他」、

「它」。如：

> A 以俟夫觀人風者得焉。(《捕蛇者説》)
>
> B 去今之墓而葬焉，其為時止十有一月耳。(《五人墓碑記》)

❷ 用在動詞前，表詢問或反問，可以做「哪裏」、「怎麼」等。如：

> A 未知生，焉知死。(《論語》)
>
> B 割雞焉用牛刀？(《論語》)

3　語氣詞。

❶ 句末語氣詞，有時用於反詰語氣，可譯為「呢」、「了」、「啊」等。如：

> A 萬鐘於我何加焉！(《魚我所欲也》)
>
> B 則牛羊何擇焉？(《齊桓晉文之事》)

❷ 作句中語氣詞，表示停頓，相當於「也」。如：

> A 句讀之不知，惑之不解，或師焉，或否焉，小學而大遺。(《師説》)
>
> B 少焉，月出於東山之上，徘徊於鬥牛之間。(《赤壁賦》)

❸ 作詞尾，相當於「然」、「……的樣子」、「……地」等。如：

> A 盤盤焉，囷囷焉，蜂房水渦，蠢不知乎幾千萬落。(《阿房宮賦》)
>
> B 於亂石間擇其一二扣之，眠眠焉。(《石鐘山記》)

❹ 語氣助詞，常用在句末，一般可不譯出。如：

> 於是餘有歎焉。(《遊褒禪山記》)

十一、【乃】

1　用作副詞。

❶ 表示前後兩事在情理上的順承或時間上的緊接，可譯為「就」、「這才」等。如：

Ａ 婉貞揮刀奮斫，所當無不披靡，敵乃紛退。(《馮
　婉貞》)

Ｂ 劌曰：「肉食者鄙，未能遠謀。」乃入見。(《曹劌
　論戰》)

❷ 強調某一行為出乎意料或違背常理，表示前後兩事在
情理上逆轉相背，可譯為「卻」、「竟（然）」、「反而」
等。如：

Ａ 問今是何世，乃不知有漢。(《桃花源記》)

Ｂ 而陋者乃以斧斤考擊而求之。(《石鐘山記》)

❸ 可表示對事物範圍的一種限制，可譯為「只」、「僅」
等。如：

Ａ 乃近年共稱柳敬亭之説書。(《柳敬亭傳》)

Ｂ 項王乃複引兵而東，至東城，乃有二十八騎。(《項
　羽本紀》)

❹ 用在判斷句中，起確認作用，可譯為「是」、「就是」
等。如：

Ａ 無傷也，是乃仁術也，見牛未見羊也。(《齊桓晉文
　之事》)

Ｂ 當立者乃公子扶蘇。(《陳涉世家》)

Ｃ 贏乃夷門抱關者也。《信陵君竊符救趙》

2　用作代詞。

❶ 用作第二人稱，常作定語，譯為「你的」、「你」。如：
Ａ 王師北定中原日，家祭無忘告乃翁。(《示兒》)
Ｂ 與爾三矢，爾其無忘乃父之志。(《伶官傳序》)

❷ 用作指示代詞，譯為「這樣」。如：
夫我乃行之，反而求之，不得吾心。(《齊桓晉文
之事》)

3　還可作連詞用，釋為「然而」、「而且」、「可是」、「於
是」等。如：

Ａ 乃一路奇景，不覺引餘獨往。(《游黃山記》)

B 以其境過清，不可久居，乃記之而去。(《小石潭記》)

【「乃」的特殊用法】

① 無乃：表猜測，譯為「恐怕⋯⋯」。如：
A 今君王既棲於會稽之上，然後乃求謀臣，無乃後乎？(《勾踐滅吳》)
B 無乃爾是過與。(《季氏將伐顓臾》)

② 乃爾：譯為「這樣」。如：
府吏再拜還，長歎空房中，作計乃爾立。(《孔雀東南飛》)

十二、【以】

1　介詞。

❶ 表示工具，譯為「拿」、「用」、「(用)憑⋯⋯身份」等。如：
A 願以十五城請易璧。(《廉頗藺相如列傳》)
B 是時以大中丞撫吳者為魏之私人。(《五人墓碑記》)

❷ 表示憑藉，可譯為「憑」、「靠」等。如：
A 久之，能以足音辨人。(《項脊軒志》)
B 皆好辭而以賦見稱。(《屈原列傳》)

❸ 表示所處置的物件，起提賓作用，可譯為「把」。如：
A 操當以肅還付鄉黨。(《赤壁之戰》)
B 秦亦不以城予趙，趙亦終不予秦璧。(《廉頗藺相如列傳》)

❹ 表示時間、處所，可譯為「於」、「在」、「從」等。如：
A 余以乾隆三十九年十二月，自京師乘風雪，⋯⋯至於泰安。(《登泰山記》)
B 果予以未時還家，而汝以辰時氣絕。(《祭妹文》)

❺ 表示原因，可譯為「因為」、「由於」等。如：
A 趙王豈以一璧之故欺秦邪？(《廉頗藺相如列傳》)
B 懷王以不知忠臣之分，故內惑於鄭袖，外欺於張

儀。(《屈原列傳》)

❻ 表示依據，譯為「按照」、「依照」、「根據」等。如：
A 今以實校之。(《赤壁之戰》)
B 餘船以次俱進。(《赤壁之戰》)

❼ 表示動作、行為的物件，用法同「與」，可譯為「和」、「跟」；有時可譯為「率領」、「帶領」。如：
A 天下有變，王割漢中以楚和。(《戰國策‧周策》)
B (公子) 欲以客往赴秦軍，與趙俱死。(《信陵君竊符救趙》)

2 連詞。

❶ 表示並列或遞進關係，常用來連接動詞、形容詞(包括以動詞、形容詞為中心的短語)，可譯為「而」、「又」、「而且」、「並且」等，或者不譯。如：
A 越國以鄙遠。(《燭之武退秦師》)
B 夫夷以近，則遊者眾。(《遊褒禪山記》)
C 魂悸以魄動。(《夢遊天姥吟留別》)

❷ 表示承接關係，前一動作行為往往是後一動作行為的手段或方式，可譯為「而」或不譯。如：
A 余與四人擁火以入。(《遊褒禪山記》)
B 各各竦立以聽。(《促織》)

❸ 表示目的關係，後一動作行為往往是前一動作行為的目的或結果，可譯「而」、「來」、「用來」、「以致」等。如：
A 不宜妄自菲薄……以塞忠諫之路也。(《出師表》)
B 為秦人積威之所劫，日削月割，以趨於亡。(《六國論》)

❹ 表示因果關係，常用在表原因的分句前，可譯為「因為」。如：
A 諸侯以公子賢，多客，不敢加兵謀魏十餘年。(《信陵君竊符救趙》)
B 不賂者以賂者喪。(《六國論》)

❺ 表示修飾關係，連接狀語和中心語，可譯為「而」，或
　　不譯。如：
　　　木欣欣以向榮，泉涓涓而始流。（《歸去來辭》）

3　助詞。

❶ 作語氣助詞，表示時間、方位和範圍。如：
　　A 受命以來，夙夜憂歎。（《出師表》）
　　B 自王侯以下莫不逾侈。（《張衡傳》，以：表範圍。）

❷ 作語助，起調整音節作用。如：
　　逆以煎我懷。（《孔雀東南飛》）

【「以」的特殊用法】

① 以：動詞。

　❶ 以為，認為。如：
　　　A 老臣以媼為長安君計短也。（《觸龍說趙太后》）
　　　B 皆以美於徐公。（《鄒忌諷齊王納諫》）

　❷ 用，任用。如：
　　　忠不必用兮，賢不必以。（《涉江》）

② 以：通假「已」。

　❶ 通「已」，已經。如：
　　　A 固以怪之矣。（《陳涉世家》）
　　　B 日以盡矣。（《荊軻刺秦王》）

　❷ 通「已」，止。如：
　　　無以，則王乎？（《齊桓晉文之事》）

③ 以為

　❶ 認為，把……當作或看作。如：
　　　A 虎視之，龐然大物也，以為神。（《黔之驢》）
　　　B 醫之好治不病以為功！（《扁鵲見蔡桓公》）

　❷ 把……作為或製成。如：
　　　A 南取百越之地，以為桂林、象郡。（《過秦論》，
　　　　以為：把它設為。）

Ｂ收天下之兵，聚之咸陽，銷鋒鏑，鑄以為金人
　　　十二。（《過秦論》）

④「以是」、「是以」相當於「因此」，引出事理發展或推斷
　　的結果。如：
　　Ａ余是以記之，蓋歎酈元之簡，而笑李渤之陋也。
　　　（《石鐘山記》）
　　Ｂ公子往而臣不送，以是知公子恨之複返也。（《信陵
　　　君竊符救趙》）

⑤「有以」、「無以」意思分別是「有甚麼辦法用來……」、
　　「沒有甚麼辦法用來……」。如：
　　Ａ故不積跬步，無以至千里；不積小流，無以成江海。
　　　（《勸學》
　　Ｂ臣無祖母，無以至今日，祖母無臣，無以終餘年。
　　　（《陳情表》）

十三、【因】

1　介詞，介紹動作行為發生的原因、依據、方式，可
　　分別譯為「因為」、「趁着」、「憑藉」、「經過」、「通
　　過」等。

　❶ 依照，根據。如：
　　Ａ罔不因勢象形，各具形態。（《核舟記》）
　　Ｂ善戰者因其勢而利導之。（《史記》）

　❷ 依靠，憑藉。如：
　　Ａ因人之力而敝之，不仁。（《燭之武退秦師》）
　　Ｂ因利乘便，宰割天下，分裂山河。（《過秦論》）

　❸ 趁着，趁此。如：
　　Ａ不如因而厚遇之。（《鴻門宴》）
　　Ｂ請以劍舞，因擊沛公於坐。（《鴻門宴》）

　❹ 通過，經由。如：
　　Ａ魏使人因平原君請從於趙。（《戰國策》）

B 因賓客至藺相如門謝罪。(《廉頗藺相如列傳》)

❺ 因為，由於。如：
A 祥符年間，因造玉清宮，伐山取材，方有人見之。
（《雁蕩山》）
B 恩所加則思無因喜以謬賞。(《諫太宗十思書》)

2 副詞。

❶ 於是，就，因而。如：
A 因拔刀斫前奏案。(《赤壁之戰》)
B 相如因持璧卻立……(《廉頗藺相如列傳》)

❷ 原因，緣由，機緣。如：
於今無會因。(《孔雀東南飛》)

【「因」的特殊用法】

因：動詞。

❶ 根據。如：
A 高祖因之以成帝業。(《隆中對》)
B 故事因於世，而備適於事。(《五蠹》)

❷ 沿襲，繼續。如：
A 蒙故業，因遺策。(《過秦論》)
B 加之以師旅，因之以饑饉。(《論語》)

十四、【於】

介詞，總是跟名詞、代詞或短語結合，構成介賓短語去
修飾動詞、形容詞，表多種組合關係。

❶ 在，從，到。如：
A 乃設九賓禮於庭。(《廉頗藺相如列傳》)
B 青，取之於藍而青於藍。(《勸學》)

❷ 「在……方面」、「從……中」。如：

Ａ荊國有餘地而不足於民。(《公輸》)

Ｂ於人為可譏，而在己為有悔。(《遊褒禪山記》)

❸ 由於。如：

　　Ａ業精於勤，荒於嬉。(《進學解》)

　　Ｂ貧生於不足，不足生於不農。(《論貴粟疏》)

❹ 向，對，對於。如：

　　Ａ請奉命求救於孫將軍。(《赤壁之戰》)

　　Ｂ魯肅聞劉表卒，言於孫權曰……(《赤壁之戰》)

❺ 被，放在動詞後，作為引進行為的主動者。如：

　　Ａ臣誠恐見欺於王而負趙。《廉頗藺相如列傳》

　　Ｂ夫趙強而燕弱，而君幸於趙王。(《廉頗藺相如列傳》)

　　Ｃ故內惑於鄭袖，外欺於張儀。(《屈原列傳》)

❻ 與，跟，同。如：

　　Ａ身長八尺，每自比於管仲、樂毅。(《隆中對》)

　　Ｂ莫若遣腹心自結於東，以共濟世業。(《赤壁之戰》)

❼ 比，放在形容詞之後，表示比較。一般可譯為「比」，有時可譯為「勝過」。如：

　　Ａ孔子曰：「苛政猛於虎也。」(《捕蛇者説》)

　　Ｂ冰，水為之，而寒於水。(《勸學》)

　　Ｃ良曰：「長於臣。」(《鴻門宴》)

❽ 有時則只是表示物件的性質和狀態，可不譯。如：

　　非常之謀難於猝發……(《五人墓碑記》)

【「於」的特殊用法】

① 於是：用法與現代漢語的「於是」不完全相同。

　　❶ 放在句子開頭，表前後句的承接或因果關係，與現在的承接連詞或因果連詞相同。現代漢語也這樣用。如：

　　　　Ａ於是為長安君約車百乘，質于齊。(《觸龍説趙太后》)

　　　　Ｂ於是秦王不懌，為一擊缶。(《廉頗藺相如列傳》)

❷ 放在謂語之前或謂語之後，相當於「於此」、「於是」，屬介賓短語作狀語或補語。可根據「於」的不同用法，分別相當於「在這時」、「在這種情況下」、「對此」、「從此」、「因此」、「在這」、「從這」等。如：

　A 有吳則無越，有越則無吳。將不可改於是矣。（《勾踐滅吳》）

　B 吾祖死於是，吾父死於是。（《捕蛇者說》）

② 見……於：表示被動。如：

　A 吾長見笑於大方之家。（《秋水》）

　B 今是溪獨見辱於愚，何哉？（《愚溪詩序》）

十五、【與】

1　介詞。

❶ 介詞，譯為「和」、「跟」、「同」。如：

　A 獨樂樂，與人樂樂，孰樂？（《莊暴見孟子》）

　B 至莫夜月明，獨與邁乘小舟，至絕壁下。（《石鐘山記》）

❷ 給，替。如：

　A 陳涉少時，嘗與人傭耕。（《陳涉世家》）

　B 與爾三矢，爾其無忘乃父之志！（《伶官傳序》）

❸ 比，和……比較。如：

　A 吾孰與徐公美。（《鄒忌諷齊王納諫》）

　B 較秦之所得，與戰勝而得者，其實百倍。（《六國論》）

2　連詞，譯為「和」、「跟」、「同」。如：

　A 然謀臣與爪牙之士，不可不養而擇也。（《勾踐滅吳》）

　B 勾踐載稻與脂於舟以行。（《勾踐滅吳》）

【「與」的特殊用法】

① 與：動詞。

  ❶ 給予，授予。如：
    A 生三人，公與之母；生二子，公與之餼。(《勾踐滅吳》)
    B 則與一生彘肩。(《鴻門宴》)

  ❷ 結交，親附。如：
    A 因人之力而敝之，不仁；失其所與，不知。(《燭之武退秦師》)
    B 與嬴而不助五國也。(《六國論》)

  ❸ 參加，參與。如：
    蹇叔之子與師。(《殽之戰》)

  ❹ 贊許，同意。如：
    A 吾與點也。(《子路、冉有、公西華侍坐》)
    B 朝過夕改，君子與之。(《漢書》)

② 與：通「歟」，句末語氣詞，表示感歎或疑問。如：
  A 無乃爾是過與。(《季氏將伐顓臾》)
  B 然則廢釁鐘與。(《齊桓晉文之事》)

③ 「孰與」、「與……孰」表示比較與選擇，譯為：「跟……比較，哪一個……」。如：
  A 謂其妻曰：「我孰與城北徐公美？」(《鄒忌諷齊王納諫》)
  B 吾與徐公孰美。(《鄒忌諷齊王納諫》)

④ 「孰若」、「與其……孰若」表示選擇（舍前取後），譯為「哪如」、「與其……哪如……」。如：
  A 與其坐而待亡，孰若起而拯之。(《馮婉貞》)
  B 與其殺是童，孰若賣之。(《童區寄傳》)

十六、【則】

1 連詞。

❶ 表示承接關係，一般用來連接兩個分句或緊縮複句中的前後兩層意思，表兩件事情在時間上、情理上的緊密聯繫。譯為「就」、「便」，或譯為「原來是」、「已經是」。如：

  A 項王曰：「壯士！賜之卮酒。」則與鬥卮酒。(《鴻門宴》)

  B 徐而察之，則山下皆石穴罅。(《石鐘山記》)

❷ 表示條件、假設關係，有的用在前一個分句，引出假設情況，譯為「假使」、「如果」；有的用在後一個分句，表假設或推斷的結果，譯為「要是……就」、「那麼……就、便」。如：

  A 入則無法家拂士，出則無敵國外患者，國恒亡。(《生於憂患，死於安樂》)

  B 向吾不為斯役，則久已病矣。(《捕蛇者說》)

❸ 表示並列關係。這種用法都是兩個或兩個以上的「則」連用，每個「則」字都用在意思相對、結構相似的一個分句裏，表示兩個分句之間（不是兩個詞）是並列關係。可譯為「就」，或不譯。如：

  A 入則孝，出則弟（悌）。(《論語·學而》)

  B 小則獲邑，大則得城。(《六國論》)

❹ 表示轉折、讓步關係。表示轉折時，用在後一分句，譯為「可是」、「卻」；表示讓步時，用在前一分句，譯為「雖然」、「倒是」。如：

  A 於其身也，則恥師焉，惑矣。(《師說》)

  B 手裁舉，則又超忽而躍。(《促織》)

❺ 表示選擇關係，常和「非」、「不」呼應着用，譯為「就是」、「不是……就是」。如：

  A 非死則徙爾。(《捕蛇者說》)

  B 非其身之所種則不食。(《勾踐滅吳》)

2 副詞。

❍ 用在判斷句中，起強調和確認作用，可譯作「是」、「就是」。如：

A 至於斟酌損益，進盡忠言，則攸之、褘、允之任也。（《出師表》）

B 此則岳陽樓之大觀也。（《岳陽樓記》）

❎ 表對已經發現的狀態的強調，可譯為「已經」、「原來」、「原來已經」等。如：及諸河，則在舟中矣。（《殽之戰》）

【「則」的特殊用法】

① 則：名詞。

❍ 指分項或自成段落的文字的條數。如：《論語》六則

❎ 準則，法則。如：以身作則

② 則：動詞，效法。如：遵後稷、公劉之業，則古公、公季之法。（《史記》）

③ 則：同「輒」，總是，常常。如：居則曰：「不吾知也！」（《子路、冉有、公西華侍坐》）

④ 則是：只當是。如：與竇娥燒一陌兒，則是看你死的孩兒面上。（《竇娥冤》）

十七、【者】

1 助詞。

❍ 附在別的詞或短語之後，組成名詞性短語。指人、物、事、時、地等，可譯為「……的」、「……的（人、東西、事情）」。如：

A 有複言令長安君為質者，老婦必唾其面！（《觸龍說趙太后》）

B 得道者多助，失道者寡助。（《得道多助，失道寡助》）

C 秦自繆公以來二十餘君，未嘗有堅明約束者也。
（《廉頗藺相如列傳》）

❷ 用在數詞後面，譯為「……個方面」、「……樣東西」、「……件事情」。如：
A 或異於二者之為，何哉？（《岳陽樓記》）
B 此數者，用兵之患也。（《赤壁之戰》）

❸ 用作「若」、「似」、「如」的賓語，譯為「……的樣子」。如：
A 言之，貌若甚戚者。（《捕蛇者說》）
B 然往來視之，覺無異能者。（《黔之驢》）

❹ 放在後置的定語後面，相當於「的」。如：
A 頃之，煙炎張天，人馬燒溺死者甚眾。（《赤壁之戰》）
B 求人可使報秦者，未得。（《廉頗藺相如列傳》）

❺ 放在主語後面，引出判斷，不必譯出。如：
A 廉頗者，趙之良將也。（《廉頗藺相如列傳》）
B 師者，所以傳道受業解惑也。（《師說》）

❻ 用在「今」、「昔」等時間詞後面，有時放在時間詞之後，起語助作用，不必譯出。如：
A 近者奉辭伐罪。（《赤壁之戰》）
B 今者項莊拔劍舞，其意常在沛公也。（《鴻門宴》）
C 古者丈夫不耕，草木之實足食也。（《五蠹》）

❼ 放在分句的句末，引出原因。如：
A 吾妻之美我者，私我也。（《鄒忌諷齊王納諫》）
B 臣所以去親戚而事君者，徒慕君之高義也。（《廉頗藺相如列傳》）

2 語氣詞，放在疑問句的句末，表示疑問語氣等。如：
A 何者？嚴大國之威以修敬也。（《廉頗藺相如列傳》）
B 誰為大王為此計者？（《鴻門宴》）

十八、【且】

1　連詞。

  ❶ 一般表示遞進、並列關係，譯為「況且」、「而且」、「尚且」。如：

    Ａ且行千里，其誰不知？（《崤之戰》）

    Ｂ河水清且漣漪。（《伐檀》）

    Ｃ臣死且不避，卮酒安足辭！（《鴻門宴》）

  ❷ 有時表示選擇關係，譯為「還是」、「或者」。如：

    Ａ王以天下為尊秦乎？且尊齊乎？（《戰國策・齊策》）

    Ｂ豈吾相不當侯邪？且固命也？（《李將軍列傳》）

  ❸ 表示讓步關係，譯為「雖然」、「即使」。如：

    Ａ且欲與常馬等不可得，安求其能千里也。（《馬説》）

    Ｂ且庸人尚羞之，況於將相乎！（《師説》）

2　副詞。

  表示行為將要發生，譯為「暫且」、「姑且」、「將要」。如：

  Ａ存者且偷生，死者長已矣！（《石壕吏》）

  Ｂ卿但暫還家，吾今且報府。（《孔雀東南飛》）

  Ｃ北山愚公，年且九十。（《愚公移山》）

3　發語詞，放在句首，引出議論或説明，有時和「夫」連用，組成「且夫」，譯為「再説」，或不譯。如：

  Ａ且行千里，其誰不知？（《崤之戰》）

  Ｂ且夫天下非小弱也，雍州之地，崤函之固，自若也。

  （《過秦論》）

第三章

文言句式

判斷句

　　判斷句是對事物的性質、情況、事物之間的關係做出肯定或否定判斷的句子。在文言文中常見的幾種判斷句式有：

一、用「者」或「也」表判斷。

（1）……者，……也。

　　這是文言文判斷句中最常見的形式。主語後用「者」，表示停頓，有舒緩語氣的作用；謂語後用「也」結句，對主語加以肯定的判斷或解說。如：

　① 陳勝者，陽城人也。（《陳涉世家》）

　② 師者，所以傳道受業解惑也。（《師説》）

（2）……，……也。

　　在判斷句中，有時「者」和「也」並不同時出現。在省略「者」的情況下，用「也」可表判斷。如：

　① 操雖託名漢相，其實漢賊也。（《資治通鑒》）

　② 夫戰，勇氣也。（《曹劌論戰》）

　③ 項脊軒，舊南閣子也。（《項脊軒志》）

（3）……者也。

　　在句末連用語氣詞「者也」，表示加強肯定語氣，

但是這時的「者」不表示停頓，只起稱代作用。這種判斷句，在文言文中也是比較常見的。如：

① 城北徐公，齊國之美麗者也。（《齊策》）

② 蓮，花之君子者也。（《愛蓮說》）

(4) ……者，……

有的判斷句，只在主語後用「者」表示停頓，這種情況不常見。如：

四人者，盧陵蕭君圭君玉，長樂王回深父，余弟安國平父，安上純父。（《遊褒禪山記》）

二、名詞修飾名詞，直接表示判斷。

文言文中的判斷句沒有任何標誌，既不用判斷詞，也不用語氣詞，通過語意直接表示判斷。如：

① 劉備天下梟雄。（《赤壁之戰》）

② 劉豫州王室之胄。（《赤壁之戰》）

三、用副詞加強語氣表示判斷。

為了加強判斷語氣，往往在動詞謂語前加上副詞，如「乃」、「則」、「即」、「皆」、「耳」、「必」、「亦」、「誠」等，這種形式也較為多見。如：

① 當立者乃公子扶蘇。（《陳涉世家》）

② 此則岳陽樓之大觀也。（《岳陽樓記》）

③ 即今之然在墓者也。（《五人墓碑記》）

④ 夫六國與秦皆諸侯。（《六國論》）

但是要注意，「乃」、「則」、「即」、「皆」、「耳」、「必」、「亦」、「誠」這些詞，除了有加強語氣表示判斷的作用外，它們也有自己的意義，要注意區別。

四、用動詞「為」表判斷。如：

① 故今之墓中全乎為五人也。（《五人墓碑記》）

② 如今人方為刀俎，我為魚肉，何辭為？（《鴻門宴》）

五、用動詞「是」表判斷。

「是」在先秦中很少做判斷詞，在漢以後作判斷詞的用法才漸漸多起來。如：

① 問今是何世，乃不知有漢，無論魏晉。（《桃花源記》）

② 巨是凡人，偏在遠郡，行將為人所並。（《赤壁之戰》）

需要注意的是，「是」在句中常以指示代詞的身份出現，如「石之鏗然有聲者，所在皆是也」（《石鐘山記》）中的「是」，指這樣。再如：

其劍自舟中墜於水，遽契其舟，曰：「是吾劍之所從墜。」（《呂氏春秋・察今》）

劃線的句子是判斷句，主語由代詞「是」充當，翻譯為「這」；謂語是名詞短語，由所字結構（所……的地方）充當的。全句翻譯為：這（就是）我的寶劍所掉下去的地方啊。在這個句子中，「是」是代詞而不是判斷

詞，句子中又沒有「者」、「也」之類的判斷句形式標誌，而且主謂之間沒有逗號，這是一個通過語意直接表示判斷的句子。

六、用否定副詞「非」等表示否定的判斷。如：

① 六國破滅，非兵不利，戰不善，弊在賂秦。（《六國論》）

② 城非不高也，池非不深也，兵革非不堅利也……（《得道多助，失道寡助》）

💡 考試提示

判斷句的考查一般是在「句子翻譯」中體現，考查所選的句式常常是判斷句中的非典型句式，如只出現「也」或「者」的句子，不出現「判斷詞」的句子，或者用副詞「乃」、「則」、「即」、「皆」、「耳」、「必」、「亦」、「誠」等表判斷的句子。

所以在判斷句的學習中，我們要關注它的非典型句式；在「句子翻譯」的考查中，我們要關注的是這些「特殊」的現象。如對「是」的辨識，要分清它是判斷詞還是指示代詞。

被動句

　　文言文中，被動句的主語是謂語動詞所表示的行為被動者、受事者，而不是主動者、施事者。被動句主要有兩大類型：

一、有標誌的被動句，即借助一些被動詞來表示。

（1）　動詞＋於＋主動者

　　動詞後用介詞「於」表被動，「於」起介紹引進動作行為的主動者的作用。如：

　　① 暴見於王。（《孟子・梁惠王下》）

　　② 故內惑於鄭袖，外欺於張儀。（《史記・屈原列傳》）

　　注意例句 ② 中「惑」、「欺」的動作是由「於」後的「鄭袖」、「張儀」發出來的。

（2）　受＋於（動詞）

　　在介詞「於」或動詞前加「受」，形成「受……於……」的形式表被動。如：

　　吾不能舉全吳之地，十萬之從，受制於人。（《資治通鑒》）

（3）　見＋動詞

　　用「見」加動詞的形式表被動。如：

秦城恐不可得，徒見欺。（《廉頗藺相如列傳》）

（4）見……於……

用「見……於……」的形式表被動。如：

臣誠恐見欺於王而負趙。（《廉頗藺相如列傳》）

「見」有一種特殊用法和表被動的「見」的形式很相近，如：

冀君實或見恕也（《答司馬諫議書》）。

句中的「見」不表被動，它是放在動詞前，表示對自己怎麼樣的客氣説法，像現代漢語中的「見諒」等好為此種用法。

（5）為……

用「為」表被動。如：

① 若背其言，臣死，妻子為戮，無益於君。（《春秋左傳》）

② 吾屬今為之虜矣。（《鴻門宴》）

（1）為……所……

用「為……所……」的形式表被動。如：

① 為鄉里所患。（《周處》）

② 巨是凡人，偏在遠郡，行將為人所並。（《資治通鑒》）

③ 為國者無使為積威之所劫哉。（《六國論》）

例句 ③ 中的第一個「為」是治理的意思，第二個「為」表示被動意義。

（1）用「被」表被動。如：

① 予猶記周公之被逮，在丁卯三月之望。（《五人墓碑記》）

② 信而見疑，忠而被謗。(《屈原列傳》)

「被」字在文言文中有「遭遇」、「遭受」等意義，與表被動的「被」容易混淆。如：秦王複擊軻，被八創 (《荊軻刺秦王》)。這裏的「被」不是表被動，是「遭受」的意思。

二、無標誌的被動句，又叫意念被動句。沒有任何被動詞標誌，僅從意思上判斷。如：

① 帝感其誠。(《愚公移山》)

② 荊州之民附操者，逼兵勢耳。(《資治通鑒》)

例句 ① 中的「感其誠」是「被其誠所感」的意思。例句 ② 中的「逼兵勢」是「被兵勢所逼」的意思。

考試提示

　　被動句的考查一般是在「詞語解釋」或「句子翻譯」中體現，考查所選擇的被動句式常常是被動句中的典型句式。

　　如果是採用「詞語解釋」的考查方式，那麼考查的常常是「於」、「見」、「為」等重點詞語；如果是採用「句子翻譯」的考查方式，那麼考查的常常是「見……於」、「為……所」等典型句式。有時也會考查非典型的被動句式，比如，無標誌的被動句（意念被動句）。

　　在被動句中，「於」是一個重要的詞，但是要注意的是：介詞「於」本身不能表示被動，只是引進行為的主動者，使句子的被動意義更加明確。如果把它去掉，就會使被動句變成主動句。比如「內惑於鄭袖，外欺於張儀」，去掉其中的「於」字，那就成了「（楚懷王）在國內迷惑鄭袖，在國外欺騙張儀」，由被動關係變成了主動關係。又如「先發制人，後發制於人」（《漢書·項羽傳》），意思是「先動手就能制住對手，後動手就被對手制住。」在這兩個分句中，有無「於」字決定了句子是主動還是被動關係。

　　所以在學習中，我們要關注的是這些重點的「代表詞語」和「典型句式」。

省略句

句子成分省略的情況在文言文和現代文中都有，但是，在文言文中省略現象更為普遍。常見的省略現象有以下幾種形式：

一、省略主語

主語的省略有承前省略和蒙後省略，在自述或對話中也常常省略說話人。如：

① 永州之野產異蛇，（蛇）黑質而白章，（蛇）觸草木，（草木）盡死。（《捕蛇者說》）

② 沛公謂張良曰：「……（公）度我至軍中，公乃入。」（《鴻門宴》）

③ （吾）每假借於藏書之家，（吾）手自筆錄，（吾）計日以還。……錄畢，（吾）走送之，不敢稍逾約。（《送東陽馬生序》）

④ （曹劌）問：「（公）何以戰？」公曰：「衣食所安，（吾）弗敢專也，必以分人。」（《左傳・曹劌論戰》）

⑤ （曹劌）對曰：「小惠未偏，民弗從也。」（《左傳・曹劌論戰》）

⑥ （桃花源的人）見漁人，乃大驚，問所從來。（漁人）具答之。便要還家，設酒殺雞作食。（《桃花源記》）

一個複句或一段話中多處省略主語，這些主語常常前後並不一致，即所指不是同一對象，在閱讀或翻譯時要注意區別。

二、省略謂語

謂語是句子中的重要成分，一般不能省略。但在文言文中，由於特定情況如承接上文、呼應下文而省略謂語。如：

① 一鼓作氣，再（鼓）而衰，三（鼓）而竭。（《曹劌論戰》）

② 三人行必有我師焉，擇其善者而從之，（擇）其不善者而改之。（《論語》）

三、省略賓語

（1）省略動詞的賓語。如：

① 尉劍挺，廣起，奪（劍）而殺尉。（《陳涉世家》）

② 每字為一印，火燒（字）令（字）堅。（《夢溪筆談》）

③ 項王曰：「壯士！賜之卮酒。」則與（之）鬥卮酒。（《鴻門宴》）

（2）省略介詞的賓語。如：

① 豎子不足與（之）謀。（《鴻門宴》）

② 此人一一為（之）具言所聞。（《桃花源記》）

③ 以相如功大，拜（之）為上卿。（《廉頗藺相如列傳》）

四、省略介詞

在文言文中，介詞「於」和「以」常被省略。

① 今以鐘磬置（於）水中，雖大風浪不能鳴也，而況石乎？（《石鐘山記》）

② 激昂（於）大義，蹈死不顧。（《五人墓碑記》）

③ 後數日驛至，果地震（於）隴西。（《張衡傳》）

④ 賜之（以）彘肩。（《鴻門宴》）

例句④中省略了介詞「以」，又是倒裝句式，正常句式應為「（以）彘肩賜之」。

五、省略量詞。如：

蟹六（隻）跪而二（隻）螯。（《勸學》）

💡 考試提示

　　省略句的考查一般是在「填空」或「句子翻譯」中體現。如果是採用「填空」的考查方式，那麼考查點是顯現的，只是需要做出「省略甚麼內容」的正確判斷即可。聯繫文意是正確回答這類問題的關鍵。

　　如果是採用「句子翻譯」的考查方式，那麼考查點是隱蔽的，因為「省略」的現象在句子翻譯中常常被我們忽略。

　　常見的省略句方面失誤有三種情況：一是以忽視介詞「於」、「以」省略的為最多；二是容易忽略對介詞賓語「之」的省略現象；三是同句中有多處省略的，往往以指出一處為滿足。

　　「省略」現象在文言文中大量存在，所以在閱讀文言文時，要具有「補充省略」的習慣和意識，尤其在「句子翻譯」的考查中，我們要關注的是這些「似有非有」、「似見非見」的現象。

第四節

倒裝句

　　在一定條件下，文言文句子成分的順序發生了變化，改變了傳統的「主─謂─賓」順序，這就是古漢語中的倒裝句，即指文言文中一些句子成分的順序與現代漢語相比較，出現了前後顛倒的情況。文言文中的倒裝句形式比較多，有主謂倒裝、賓語前置、介詞短語倒裝、定語前置等。

一、主謂倒裝句（謂語前置或主語後置）

　　文言文中謂語的位置也和現代漢語中一樣，一般放在主語之後，但有時為了強調和突出謂語的意義，在一些疑問句或感歎句中，會把謂語提前到主語前面。如「甚矣，汝之不惠！」（《愚公移山》）中，句子的正常順序應該是：「汝之不惠，甚矣！」再如：

　　① 嘻！晏子之家若是其貧也！（《晏子春秋·晏子辭千金》）

　　② 悲哉，世也！（《工之僑獻琴》）

二、賓語前置句

　　文言文中的賓語一般置於動詞或介詞之後，但在一定條件下會出現賓語前置的情況，規律如下：

（1）疑問句中，疑問代詞作賓語，賓語前置。如：

　　① 沛公安在？（《項羽本記》）

　　② 子何恃而往？（《為學》）

　　③ 噫，微斯人，吾誰與歸？（《岳陽樓記》）

　　這些句子都是疑問句，疑問代詞分別是「安」、「何」、「誰」，因此例句的正常語序應該是「在安」、「恃何」、「與誰」。

　　這種類型的句式關鍵是要找出作賓語的疑問代詞如「誰」、「何」、「奚」、「曷」、「胡」、「惡」、「安」、「焉」等。

（2）介詞的賓語也常常前置。如：

　　① 余是以記之，以俟觀人風者得焉。（《捕蛇者說》，「是以」即「以是」。）

　　② 以事秦之心禮天下之奇才，並力西向。（《六國論》「西向」即「向西」。）

　　③ 放乎一己之私意以自為。（《書洛陽名園記後》，「自為」即「為自」。）

　　介詞「以」的賓語比較活躍，即使不是疑問代詞，也可以前置。

（3）否定句中，代詞作賓語，賓語前置。如：

　　① 時人莫之許也。（《三國志・諸葛亮傳》）

　　② 古之人不余欺也。（《石鐘山記》）

　　③ 天大寒，硯冰堅，手指不可屈伸，弗之怠。（《送東陽馬生序》）

例句 ①「莫之許」應為「莫許之」；例句 ② 中的「不余欺」應為「不欺余」；例句 ③ 中的「弗之怠」應為「弗怠之」。這類句子有兩點要注意，一是否定句（一般句中必須有「不」、「未」、「毋」、「無」、「莫」等否定詞）；二是代詞作賓語。

（4）用「之」或「是」把賓語提取到動詞前，以強調賓語。如：

① 孔子云：「何陋之有？」（《陋室銘》）

② 句讀之不知，惑之不解。（《師說》）

③ 唯利是圖（成語）

例句 ① 中的「何陋之有」應為「有何陋」；例句 ② 則應為「不知句讀，不解惑」；例句 ③ 中的「唯」作「只」解，故句解釋為「只圖利」。

三、定語後置

在正常語句中，定語應該放在中心詞之前，如「荊州之民附操耳」，「民」為中心詞，「荊州」為定語。當這些修飾性的定語置於中心詞之後時，便成為了定語後置句。定語後置句一般有這樣幾種形式：

（1）中心詞＋後置定語＋者，如：

① 求人可使報秦者，未得。（《廉頗藺相如列傳》）

② 群臣吏民能面刺寡人之過者，受上賞。（《鄒忌諷齊王納諫》）

③ 煙炎張天，人馬燒溺死者甚眾。（《赤壁之戰》）

④　大閹之亂，縉紳而能不易其志者，四海之大，有幾人歟？（《五人墓碑記》）

（2）中心詞＋之＋定語，如：

①　蚓無爪牙之利，筋骨之強。（《勸學》）

②　苟以天下之大，而從六國破亡之故事，是又在六國下矣。（《六國論》）

（3）中心詞＋之＋定語＋者，如：

①　石之鏗然有聲者，所在皆是也。（《石鐘山記》）

②　馬之千里者，一食或盡粟一石。（《馬說》）

（4）中心詞＋數量詞，如：

鑄以為金人十二，以弱天下之民。（《過秦論》）

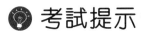

考試提示

　　倒裝句的現象是文言句式中較為複雜的現象。考查一般是在「句子翻譯」中體現，考查所選擇的倒裝句式常常是倒裝句中的多種現象，一份試卷的文言文考查內容常常會出現一種以上的倒裝句考查。

　　常見的倒裝句方面失誤以不能識別定語後置現象者最多。對用提賓標誌表示的賓語前置句式與無條件的動（介）賓倒裝句式，不能識別或譯錯的也不少。其他各種倒裝句式，在選擇判斷題中，也會有不同程度的失誤。這主要是沒有從規律上去把握這方面的知識所造成的。所以，對倒裝句的學習，要求較為詳細地掌握倒裝句式的各種形式和這些形式的翻譯方法。對每一種倒裝形式都需要有清楚的把握，才能對多種現象作出準確的選擇和判斷，才能正確解答考查中的倒裝句式。

固定結構

　　固定結構，就是文言文中某些詞語經常性地結合在一起使用，形成相對比較固定的結構（包括固定短語結構和固定句子結構）。固定結構的現象比較複雜，可以有不同的分類，一般有表疑問、表反問、表測度、表感歎和表判斷等五種形式。出現頻率比較高的有這樣一些結構：

一、「……以為……」、「以……為」

　　「以為」在一般情況下是「以……為……」的緊縮，有兩種情況：

　　1　在「……以為……」、「以……為……」句式中，「以」是介詞，組成介詞結構，「以「後面的賓語常常省略。可以譯為「用……做……」或「把……當作……」。如：

　　① 虎視之，龐然大物也，以為神。（《黔之驢》）

　　譯文 老虎看見驢子，是個龐大的傢伙，把它當作神怪。

　　② 竊以為君市義。（《馮諼客孟嘗君》）

　　譯文 我用債款替你買了義。

　　③ 吾始聞汝名，以為豪。（《大鐵椎傳》）

　　譯文 我當初聽到你的名聲，把你當作英雄。

④ 必以長安君為質，兵乃出。（《觸龍説趙太后》）

譯文 一定要把長安君當作人質，才肯出兵。

2 在「⋯⋯以（之）為⋯⋯」、「以⋯⋯為⋯⋯」句式中，「以」是動詞，「認為」的意思；「⋯⋯為⋯⋯」是主謂詞組，作「以」的賓語。這種句式，相當於「認為（覺得）⋯⋯怎麼樣」或「認為（覺得）⋯⋯是⋯⋯」。如：

① 驢一鳴，虎大駭，遠遁，以為且噬己也。（《黔之驢》）

譯文 驢子一叫，老虎大驚，遠遠地逃走，認為驢子要咬自己了。

② （滿座賓客）以為妙絕。（《口技》）

譯文 （滿座的賓客）認為它（口技）奇妙極了。「以為妙絕」，即「以（之）為妙絕」，原句省略「以」的賓語「之」。

二、「何⋯⋯為」、「何以⋯⋯為」

「何⋯⋯為」是表示疑問的一種格式，可以譯作「為甚麼⋯⋯」或譯為「做（幹）甚麼⋯⋯」；「何以⋯⋯為」中「何以」的意思是「怎麼用得着」，「為」是語氣助詞。「何以⋯⋯為」可譯為「要（拿、用）⋯⋯做（幹）甚麼呢」或「怎麼（為甚麼）用得着⋯⋯呢」。如：

① 如今人方為刀俎，我為魚肉，何辭為？（《項羽本紀》）

譯文 現在人家正處在宰割者的地位，我們處在被宰割的地位，還告辭做甚麼？

② （子魚曰）必如公言，即奴事之耳，又何戰為？（《子魚論戰》）

譯文 （子魚說）一定按您（宋襄公）所說的辦，那就向敵人屈膝投降好啦，還打仗幹甚麼呢？

③ 項王笑曰：「天之亡我，我何渡為？」（《項羽本紀》）

譯文 項王笑着說：「老天要滅我，我還渡江做甚麼呢？」

④ 匈奴未滅，何以家為？（《漢書‧霍去病傳》）

譯文 匈奴還沒有消滅掉，要家做甚麼呢？

三、「何……之有」

「何……之有」是表示反問的一種格式，是「有何」的倒裝。「何」是動詞「有」的前置賓語，「之」是助詞，賓語前置的標誌。「何……之有」可譯為「有甚麼……呢」或「有甚麼……的呢」。如：

① 孔子雲：「何陋之有？」（《陋室銘》）

譯文 孔子說：「有甚麼簡陋的呢？」

② 姜氏何厭之有？（《鄭伯克段于鄢》）

譯文 姜氏有甚麼滿足呢？

③ 宋何罪之有？（《墨子‧公輸》）

譯文 宋國有甚麼罪過呢？

④ 譬如以肉投餒虎，何功之有哉？（《信陵君
列傳》）

譯文 這好比是把肉投給饑餓的老虎一樣，有甚麼功
效呢？

四、「如……何」（如之何）、「若……何」（若之何）、「奈……何」（奈之何）

「如……何」、「若……何」、「奈……何」當中夾進
名詞或代詞，就形成表示疑問的固定格式。這種格式可
譯為「怎」、「怎麼辦」、「怎麼樣」、「怎麼對付」或「對
（拿、能）……怎麼樣（怎麼辦）」。如：

① 如之何其使斯民饑而死也？（《孟子‧梁惠
王上》）

譯文 怎麼使得百姓饑餓而死呢？

② 以君之力曾不能損魁父之丘，如太行、王屋何？
（《愚公移山》）

譯文 憑你的力量，竟不能削平魁父這座小山，還能把
太行、王屋兩座山怎麼樣呢？

③ 西門豹顧曰：「巫嫗、三老不來還，奈之何？」
（《西門豹治鄴》）

譯文 西門豹回頭〔看大家〕說：「巫婆、三老不來回話，
對這事怎麼辦呢？」

④ 若先生與百姓何？（《國語‧周語》）
譯文 對先生與百姓怎麼樣？

五、「無乃（毋乃）……乎」

「無乃……乎」是表示一種委婉商量的疑問語氣，對某種情況加以猜測。「無乃」表示「不是」的意思，與疑問語氣詞「乎」相呼應，構成「無乃……乎」的固定結構，可譯為「恐怕（只怕、大概）……吧」。如：

① 今君王既棲於會稽之上，然後乃求謀臣，無乃後乎？（《勾踐棲會稽》）

譯文 如今君王已經退守到會稽山上，到了這種地步才尋求有智謀的大臣，恐怕太晚了吧？

② 師勞力竭，遠主備之，無乃不可乎？（《左傳·僖公三十二年》）

譯文 部隊（因長途行軍）筋疲力盡，鄭國又有了準備，這樣做恐怕不行吧？

③ 居簡而行簡，無乃太簡乎？（《論語·雍也》）

譯文 在簡單的基礎上，再行簡單，恐怕是過於簡單了吧？

④ 君反其國而私也，毋乃不可乎？（《禮記·檀弓》）

譯文 您一返回國家便有了私心，這樣做恐怕不可以吧？

六、「不亦……乎」

「不亦……乎」是古代一種比較委婉的反問（含有探問）句式。句式中的「不」是「豈不」的意思，「亦」是

助詞，沒有實在意義，「不亦」可譯為「豈不」或「難道不」；「乎」字是語氣詞，可譯作「嗎」。因此，「不亦……乎」可譯為「不也……嗎」或「豈不也是……嗎」。如：

① 求劍若此，不亦惑乎？（《刻舟求劍》）

譯文 像這樣尋找劍不是太糊塗了嗎？

② 子曰：「學而時習之，不亦說乎？有朋自遠方來，不亦樂乎？」（《論語・學而》）

譯文 孔子說：「學到了知識，再按一定的時間溫習不也愉快嗎？有志同道合的人遠道而來，不也快樂嗎？」

③ 汝亦知射乎？吾射不亦精乎？（《賣油翁》）

譯文 你也懂得射箭嗎？我射箭的技術難道不高明嗎？

④ 阻而鼓之，不亦可乎？（《子魚論戰》）

譯文 （利用敵人在地形上）受困的機會向他們發動進攻，豈不是很好嗎？

⑤ 若移陳少卻，使晉兵得渡，以決勝負，不亦善乎？（《淝水之戰》）

譯文 如果秦軍從淝水岸邊稍向後撤，使晉軍得以渡過淝水與秦軍決一勝負，這豈不是很好嗎？

⑥ 外內稱惡，以待強敵，不亦殆乎？（《五蠹》）

譯文 （他們）在國內外呼應配合幹壞事，國家在這種情況下去對付強大的敵人，不也是很危險嗎？

七、「有……者」、「之……者」

「有……者」常常用來敘述某個特定人物的行為事蹟，以突出所要敘述的物件。「有……者」可譯為「有（個）……的」或「有（個）……的人」。「之……者」是後置定語的標誌。如：

① 宋人有閔其苗之不長而揠之者。（《揠苗助長》）

譯文 宋國人有個擔心莊稼長得太慢就去揠苗助長的。

② 楚人有涉江者。（《呂氏春秋·察今》）

譯文 楚國人有個乘船過江的人。

③ 有敢為魏王使通者，死。（《史記·魏公子列傳》）

譯文 有敢替魏王的使臣來通報的，處以死罪。

④ 門下有毛遂者。（《史記·平原君列傳》）

譯文 門客中有個叫毛遂的人。

⑤ 於是集謝莊少年之精技擊者。（《馮婉貞》）

譯文 於是集合謝莊精通武術的少年。

⑥ 馬之千里者。（《馬說》）

譯文 能日行千里的馬。

八、「得無（得微、得非）……乎（耶、歟）」

「得無……乎」是一種表示反問的固定格式，在一般情況下，可譯為「能不……嗎」、「能沒有……嗎」、「該不會（莫非、只怕、恐怕）（是）……吧」。如：

① 覽物之情，得無異乎？（《岳陽樓記》）

譯文 觀賞自然景物而觸發的感情，能不有所不同嗎？

② 日食飲得無衰乎？（《觸龍説趙太后》）

譯文 您每天的飲食該不會減少吧？

③ 今民生長於齊不盜，如楚則盜，得無楚之水土使民善盜乎？（《晏子使楚》）

譯文 老百姓生長在齊國不偷東西，一到了楚國就偷東西，該不會是（莫非是）楚國的水土使老百姓善於偷東西吧？

④ 高帝曰：「得無難乎？」（《史記‧劉敬叔孫通列傳》）

譯文 漢高祖説：「（擬定朝廷禮儀之事）只怕是不容易吧？」

⑤ 成反復自念，得無教我獵蟲所耶？（《促織》）

譯文 成名反復思量，只怕是（豈不是）給我指點捕捉蟲的地點吧？

⑥ 堂下得微有疾臣者乎？（《韓非子‧內儲説下》）

譯文 堂下莫非有厭惡我的人吧？

九、「……孰……」、「……孰與……」

「……孰……」在比較、選擇的問句中，有「選擇其一」的意思，可譯為「哪一個」或「哪一件」。「……孰與……」不表示抉擇，而是表示比較。如：

① 吾與徐公孰美？（《鄒忌諷齊王納諫》）

譯文 我跟徐公哪一個美？

② 鄒人與楚人戰，則王以為孰勝？（《齊桓晉文之事》）

譯文 鄒國人與楚國人打仗，那麼大王認為哪一個勝利呢？

③ 沛公曰：「孰與君少長？」（《項羽本紀》）

譯文 劉邦說：「（他）比起您來年紀誰小誰大？」

④ 謂其妻曰：「我孰與城北徐公美？」（《鄒忌諷齊王納諫》）

譯文 鄒忌對他的妻子說：「我跟城北的徐公比，誰漂亮？」

⑤ 藺相如固止之，曰：「公之視廉將軍孰與秦王？」（《廉頗藺相如列傳》）

譯文 藺相如堅決制止他們，說：「各位看廉將軍跟秦王比哪一個厲害些呢？」

⑥ 望時而待之，孰與應時而使之？（《荀子·天論》）

譯文 觀望等待時機，哪裏比得上順應並利用它呢？

十、「與其……孰若（豈若）……」、「……孰若……」

「與其……孰若……」和「與其……豈若……」是表示在反問中有比較而抉擇（肯定）其中之一。可譯為「與

其……不如……」或「與其……怎麼趕得上……」。如：

① 與其有譽於前，孰若無毀於其後？與其有樂於身，孰若無憂於其心？（韓愈《送李願歸盤谷序》）

譯文 與其在事前有人稱讚，不如沒有人在事後批評。與其在身體上得到快活，哪如在心裏沒有憂愁？

② 與其殺是童，孰若賣之？與其賣而分，孰若吾得專焉？（《童區寄傳》）

譯文 與其殺死這個孩子，哪如賣掉他？與其賣掉而分得利益，怎麼趕得上我獨得利益呢？

③ 且而與其從辟人之士也，豈若從辟世之士哉？（《論語・微子》）

譯文 且說你與其跟着躲避壞人的人，哪如跟着躲避惡世的人呢？

④ ……為兩郎僮，孰若為一郎僮耶？（《童區寄傳》）

譯文 ……做兩個人的僮僕，哪如做一個人的僮僕呢？

⑤ ……從天而頌之，孰若制天命而用之？（《荀子・天論》）

譯文 ……順從天而歌頌天，怎麼如掌握天行的規律而利用它呢？

十一、「與其……寧（毋寧）……」和「寧…… 無（不）……」

「與其……寧（毋寧）……」和「寧……無（不）……」是表示抉擇的兩種格式，其抉擇是在比較中肯定其中之一的。「與其……寧……」是肯定後者，「寧」是語氣副詞；「寧……無（不）……」是肯定前者，舍其後者。這兩種格式可譯為「與其……寧可……」和「寧可……不……」。如：

① 與其殺是人也，寧其得此國也。（《勾踐棲會稽》）

譯文 與其殺死這些人，不如得到這個國家。

② 漢王笑謝曰：「吾寧鬥智，不能鬥力。」（《項羽本紀》）

譯文 漢王笑着推辭說：「我寧可鬥智慧，也不能較量力氣。」

③ 與其害於民，寧我獨死。（《左傳・定公十三年》）

譯文 與其對民有害，寧可我一個人死去。

④ 與其餓死道路，為群獸食，毋寧斃於虞人，以俎豆於貴家。（《中山狼傳》）

譯文 與其餓死在路上，被別的野獸吃掉，還不如死在獵人手中，把我放在貴族家的食具中當食品。

十二、「……有……以……」、「……有以……」、「……無……以……」、「……無以……」

「……有……以……」、「……無……以……」中的「有」、「無」都是動詞（謂語），「以」字用於另一動詞或形容詞（謂語）與「有」、「無」之間，表示關聯，可譯作為「用來（拿來）」、「來」等。如：

① 吾儕小人，皆有闔廬，以辟燥濕寒暑。（《左傳・襄公十七年》）

譯文 我們這些小人物都有一個住屋用來避乾濕冷熱。

② 項王未有以應。（《項羽本紀》）

譯文 項王沒有甚麼話可回答。

③ 布衣相與交，無富厚以相利，無威勢以相懼也，故求不欺之士。（《五蠹》）

譯文 一般平民互相交友，既沒有財產來彼此貪圖，又沒有權勢用來彼此威脅，所以他們要找忠實不欺的人（做自己的朋友）。

④ 願大王急渡，今獨臣有船，漢軍至，無以渡。（《項羽本紀》）

譯文 希望大王趕緊渡江，現在只有我這兒有船，等漢軍到了，（就）沒有甚麼可拿來乘渡的。）

⑤ 曰：「君王與沛公飲，軍中無以為樂，請以劍舞。」

譯文 （項莊）説：「君王與沛公共飲，軍營中沒有甚麼東西可以拿來作樂，請讓我舞劍助興。」

十三、「有所……」、「無所……」、「何所……」

「有所……」、「無所……」，「所」字結構作動詞「有」或「無」的賓語，可譯為「有甚麼……」、「沒有甚麼……」；「何所……」是主謂倒裝的疑問句式，可譯為「……何所」。如：

① 女亦無所思，女亦無所憶。（《木蘭詩》）

譯文 （木蘭）我沒有甚麼思慮的，也沒有甚麼想念的。

② 吾入關，秋毫不敢有所近。（《項羽本紀》）

譯文 我進入關中以後，一點點東西也不敢有所貪圖。

③ 今先生處勝之門下三年於此矣，左右未有所稱誦，勝未有所聞，是先生無所有也。（《史記·平原君虞卿列傳》）

譯文 現在先生在我的門下為客整整三年了，左右沒有甚麼人談論的，我也沒有聽到甚麼，這可見先生沒有甚麼擅長的。

④ 若舍鄭以為東道主，行李之往來，共其乏困，君亦無所害。（《燭之武退秦師》）

譯文 如果您放棄鄭國，讓它存在，以鄭國為秦國東邊道上的主人，秦國的外交人員經過鄭國，鄭國可以供給他們所缺少的糧食，這對您也沒有甚麼害處。

⑤ 賣炭得錢何所營？身上衣裳口中食。(《賣炭翁》)

譯文 賣炭得到的錢購買甚麼東西？是身上穿的衣服，嘴裏吃的糧食。

十四、「……之謂也」、「其……之謂也(矣、乎)」

「……之謂也」、「其……之謂也」、「其……之謂矣」、「其……之謂乎」都是總結性判斷。這種格式，常常是作者先提出某個內容，然後來判斷這個內容，可譯為「說的就是……啊」或「這就叫……啊」。如：

① 聞道百，以為莫己若者，我之謂也。(《莊子·秋水》)

譯文 聽到過許多道理，便以為沒有人比自己知道得多，說的就是我啊。

② 太史公曰：「《傳》曰：『其身正，不令而行；其身不正，雖令不從。』其李將軍之謂也！」(《史記·李將軍列傳》)

譯文 太史公說：「《傳》說：『在上位的人本身行為正當，不發命令別人也會去做；如果在上位的人本身行為不正當，即使下命令也沒有人聽從他。』說的這不正是李將軍嗎！」

💡 考試提示

　　固定結構的考查一般是在「句子翻譯」中體現，所選擇的固定結構常常是典型的形式，上述羅列的數種現象是固定結構中較有代表性的例子。

　　固定結構的學習，不能僅僅靠死記硬背每一個固定結構的意義，在掌握一些比較重要的形式以外，要學會把這個「固定結構」與語言環境結合起來，從上下文的意義中理解這個「固定結構」的意義。

　　文言固定結構的五個大類是我們複習的脈絡，對這五種結構有一個詳細的理解和掌握就能清楚地把握「固定結構」的基本內容。

文言固定結構小詞典

1 誠……則…… —— 如果……那麼（就）……。

2 得以 —— 能夠。

3 俄而 —— 不久，一會兒。

4 而況 —— 何況，況且。

5 而已 —— 罷了。

6 否則 —— 如果不……就……。

7 何乃 —— 何況是，豈止是；為甚麼……竟。

8 何其 —— 怎麼這樣；多麼。

9 既而 —— 隨後，不久。

10 既……且…… —— 又……又……。

11 見……於…… —— 被。

12 可得 —— 可以，可能。

13 可以 —— 可以用來，足以用來；可以，能夠。

14 乃爾 —— 居然如此，竟然如此，這樣。

15 且夫 —— 再說，而且。

16 然而 —— 這樣卻；但是；（既然）這樣，那麼。

17 然則 —— 既然這樣，那麼；如果這樣，那麼。

18 是故 —— 所以，因此。

19 是以 —— 所以，因此，因而。

20 庶幾 —— 或許，可能；差不多；但願，希望。

21 雖然 —— 雖然如此，(但)，即使如此。

22 所謂 —— 所說的，所認為。

23 所以 —— ⋯⋯的原因，之所以⋯⋯，為甚麼⋯⋯；
用來⋯⋯ 的方法，用來⋯⋯ 的東西，是用來⋯⋯
的，用來⋯⋯的地方，用來⋯⋯的人(事)，靠它
來⋯⋯的。

24 往往 —— 處處，到處；常常。

25 唯⋯⋯是⋯⋯ —— 只。

26 為⋯⋯所⋯⋯ —— 被。

27 未嘗 —— 從來沒有。

28 謂⋯⋯曰⋯⋯ —— 對⋯⋯說，把⋯⋯叫做⋯⋯。

29 謂之 —— 稱他是，說他是；稱為，叫做。

30 無幾何 —— 沒有多久，不久，一會兒。

31 無慮 —— 大約，大致。

32 毋寧，無寧 —— 寧肯，寧願；莫不是，不是。

33 無所 —— 沒有⋯⋯甚麼人(或物)，沒有甚麼⋯⋯；
沒有甚麼地方⋯⋯，沒有甚麼辦法，沒有條件⋯⋯。

34 無以⋯⋯為 —— 用不着。

35 無以 —— 沒有用來⋯⋯的東西(辦法)，沒有甚麼用
來，沒有辦法；不能，無法。

36 無庸 —— 不用，無須。

37 無由 —— 不可能，無法，無從。

38 相率 —— 競相，一起。

39 相與 —— 互相，相互，彼此；同你；一起，共同；
相處，相交。

40 向使 —— 假如，如果。

41 一何 —— 多麼；為甚麼……那麼……。

42 一切 —— 一律，一概；權宜，暫且。

43 以故 —— 所以。

44 以……故…… —— 因為……所以……。

45 以是 —— 因此。

46 以……為…… —— 認為……是……，把……當
作……；讓……作……，任用……為……；用……
做……，把……作（為）……。

47 以為 —— 認為他（它）是，認為；用它來。

48 以至於 —— 一直到；結果。

49 因而 —— 據此而，借此而，因此而；因而。

50 有所 —— 有……的人（或物），有甚麼……；有……
的地方，有……的原因，有……的辦法。

51 有以 —— 有條件，有辦法，有機會，能夠。

52 於是 —— 這時候，在這裏，在這種情況下，由於這
個原因。

53 之謂 —— 叫做，就是，才算；這就叫做；就是，説
的就是。

54 之於 —— 對待，對……的態度（做法）；同，對於；
同……相比。

55 至於 —— 到了，一直到；竟至於，結果。

56 自非 —— 如果不是，除非是。

57 何以……？ —— 根據甚麼……？憑甚麼……？

58 何所……？ —— 所……的是甚麼？

59 奈何……？ —— ……怎麼辦？……為甚麼？

60 如……何？ —— 奈……何？拿……怎麼樣呢？

61 孰與……？ —— 與……相比，哪個……？

62 安……乎？ —— 怎麼……呢？

63 獨……耶？ —— 難道……嗎？

64 獨……哉？ —— 難道……嗎？

65 何為……？ —— 為甚麼……？

66 何……哉？ —— 怎麼能……呢？

67 何……為？ —— ……幹甚麼呢？

68 何……之有？ —— 有甚麼……呢？

69 如之何……？ —— 怎麼能……呢？

70 何其……也！ —— 怎麼那麼……啊！

71 直……耳！ —— 只不過……罷了！

72 ……何如哉？ —— 該是怎麼樣的呢？

73 無乃……乎？ —— 恐怕……吧？

74 得無……乎？ —— 該不是……吧？

75 ……庶幾……歟？ —— 或許……吧？

76 與其……孰若……？ —— 與其……哪如……？

77 其……其……也……？ —— 是……還是……呢？

第四章

文言翻譯

詞準、句順、意明

　　文言文翻譯要具有「信、達、雅」三個要求。「信」是指譯文要準確無誤地忠於原文，如實地、恰當地運用現代漢語把原文翻譯出來；「達」是指譯文要通順暢達，就是要使譯文既吻合文言的意思、情感、風格等，又符合現代漢語的語法及用語習慣，字通句順，沒有語病；「雅」就是指譯文要優美自然，就是要使譯文生動、形象，優美地表達原文的風格。

　　在翻譯過程中，必須遵循「字字有着落，直譯、意譯相結合，以直譯為主」的原則。這也是考試「翻譯題「的答題要求。在具體翻譯時，對句子中的每個字詞，只要它有一定的實在意義，都必須字字落實，對號入座。翻譯時，要直接按照原文的詞義和詞序，把文言文對換成相應的現代漢語，使字不離詞，詞不離句。如果直譯後語意不暢，應該用意譯作為輔助手段，使句意儘量達到完美。

　　翻譯句子要注意對重點詞語和重要句式的把握。以幾道經典試題為例，關注加點的字在譯文中的落實。如：

　　把下面的句子翻譯成現代漢語。

　　① 俠曰：「以口腹役人，吾所不為也。」乃悉罷之。（《北史‧裴俠傳》）

譯文 裴俠説:「為了飲食而役使人,是我不做的事。」於是把他們全都遣散了。

② 裴俠危篤若此而不廢憂公,因聞鼓聲,疾病遂愈,此豈非天佑其勤恪也?(《北史·裴俠傳》)

譯文 裴俠病情這樣危重卻不忘考慮公事,由於聽到鼓聲,大病就痊癒了,這難道不是上天保佑他的勤勉謹慎嗎?

③ 友直,友諒,友多聞,益矣。(《論語》)

譯文 與正直的人交朋友,與誠信的人交朋友,與見聞學識廣博的人交朋友,是有好處的。

④ 思而不學則殆。(《論語》)

譯文 只是思考而不去學習,那就危險了。(「殆」翻譯為「有害」或「精神疲倦而無所得」均可)

⑤ 馬病肥死,使群臣喪之,欲以棺槨大夫禮葬之。左右爭之,以為不可。(《史記·滑稽列傳》)

譯文 馬患肥胖症而死,讓群臣為它治喪,要用內棺外槨的大夫禮制安葬它。左右群臣對此直言規勸,認為不可以。

⑥ 楚相孫叔敖持廉至死,方今妻子窮困負薪而食,不足為也!(《史記·滑稽列傳》)

譯文 楚相孫叔敖堅守廉潔一直到死,如今老婆孩子身處困境,背柴為生,廉吏不值得做啊!

通過以上例子,我們知道可以從三個角度(詞義、句式、句意)分析需翻譯的句子。

先從「詞準」看。在以上幾句話中，需要把握的重點詞是：題①②中的「役」、「所」、「乃」、「罷」、「之」；題③④中的「危篤」、「廢」、「因」、「勤恪」、「諒」、「殆」等；題⑤⑥中的「病」、「妻子」。

再從「句順」看。在這幾句話中包含有固定結構句式、特殊句式等，如：題①中的「以⋯⋯，吾所⋯⋯」（判斷句式）、「罷之」（把他們⋯⋯），題②的「此豈⋯⋯也？」（固定句式），題⑥中的「⋯⋯不足為也」（省略句式）、「喪之」（為它⋯⋯）、「爭之」（對此⋯⋯）。

最後從「意明」看。翻譯句中出現的一些詞語有些有多種意義，要結合語境，準確翻譯。如需要辨清的詞語是：題②中的「愈」是「痊癒」，不是「更加厲害」；題③中的「益」是實詞中的動詞，「有益處」；題⑥中的「食」是泛指「生活」，不是特指「吃」。

從提供的譯文看，原句中「加點字」的內容都有準確的「落實」。將文言文譯成現代漢語要堅持「直譯為主，意譯為輔」的原則。只有在難以直譯或直譯後詞義不夠準確、句子不夠通順、文意不夠清楚的情況下，才能借助於「意譯」。文言翻譯要求的「信」（忠實原文）、「達」（通順流暢）、「雅」（生動有文采），講的就是這個道理。那麼該怎樣有效地複習、掌握文言句子翻譯的基本知識和能力呢？我們可以從三個方面入手。

首先是把握關鍵字語。「關鍵字語」是指一個句子中最重要的詞的意義。把握關鍵字語尤其要把握詞語的

古今異義、偏義複詞、一詞多義、通假字等現象。

　　其次是注意句子通順，能準確辨識各種文言句式。尤其要注意每一種句式中的特殊現象，例如，沒有「……者，……也」標誌的判斷句，沒有「被動詞」的被動句式，省略句式「省略」的具體內容，以及倒裝句式的四種形式，以保證句子翻譯通順並符合邏輯。

　　最後是保證意思明確。把握譯句「意思明確」就是指在文言文句子翻譯中除了涉及到眾多的詞義和句式特點以外，還需要了解修辭格、文化意義、情感色彩等常識。古人在表達時，由於所處年代的政治氛圍、道德規範、文化背景、民俗習慣等要素，使得作者在表達文意時，「染上」了較明顯的「時空」色彩，這些色彩是那個「時代」、那個「作者」的標誌，也是我們翻譯文章時容易忽略的障礙。

　　文言修辭格的準確翻譯也是一項重要翻譯環節。在高考中經常出現的有比喻、借代、比擬、對偶、誇張等修辭格，但較多出現的是比喻和借代。翻譯時要根據具體情況確定是保留「原修辭格」還是「還其本來面目」。下面通過幾組例題進一步分析文言文翻譯中需注意的問題。如：

1　把下列文言文中畫橫線的句子翻譯成現代漢語。

　　（1）夫王道者，不可以小用也。A <u>大用則王，小用則亡</u>。昔者徐偃王、宋襄公嘗行仁義矣，然終以亡其

身、喪其國者，何哉？其所施者，未足以充其所求也。故夫有可以得天下之道，而無取天下之心，乃可與言王矣。……觀 B 吳王困於姑蘇之上，而求哀請命於勾踐，勾踐欲救之，彼範蠡者獨以為不可，援桴進兵，卒刎其頸。C 項籍之解而東，高帝亦欲罷兵歸國，留侯諫曰：「此天亡也，急擊勿失。」此二人者，以為區區之仁義，不足以易吾之大計也。（《樂毅論》）

譯文 (A) 用在大處就可稱王，用在小處就會身亡。(B) 吳王被困在姑蘇城上，向勾踐哀求饒他性命。(C) 在項籍突破重圍而向東敗逃的時候，漢高帝也想收兵回國。

(2) 閩縣林琴南孝廉紓[①] 六七歲時，從師讀。師貧甚，炊不得米。林知之，亟歸，A 以襪實米，滿之，負以致師。師怒，謂其竊，卻弗受。林歸以告母，母笑曰：「B 若心固善，然此豈束修[②] 之禮？」即呼備[③]，齎[④]米一石致之塾，師乃受。（《清史》）

注：① 林琴南孝廉紓 (shū)：林紓，字琴南，福建閩縣（今福州人）。② 束修：本指十條乾肉，後來通常指學生拜師或親友之間贈送的禮物。③ 呼備：叫人準備。④ 齎 (jī)：攜帶。

譯文 (A) 林琴南用襪子裝米，襪子裝滿後，背着米去送給老師。(B) 你的心地是善良的，但這能作為送給老師的禮物嗎？（你的想法本來是好的，但這能作為學生拜師的禮物嗎？

(3) 太史公曰：餘讀功令[①]，至於廣厲學官之路[②]，未嘗不廢書而歎也。曰 A：嗟乎！夫周室衰而《關雎》作，幽厲微而禮樂壞，諸侯恣行，政由強國。故孔

子閔王路廢而邪道興，於是論次《詩》《書》，修起《禮》。適齊聞《韶》，三月不知肉味。自衛返魯，然後樂正，《雅》《頌》各得其所。<u>B 世以混濁莫能用，是以仲尼幹七十餘君無所遇，曰「苟有用我者，期月而已矣」</u>。西狩獲麟，曰「吾道窮矣」。故因史記作《春秋》，以當王法，其辭微而指博 ③，後世學者多錄焉。（《史記》）

注：① 功令：朝廷考核選用學官的法規。② 屬：同「勵」，勉勵。③ 語義隱蔽而且豐富宏大。

譯文 （A）唉，周王室衰微了，諷刺時政的詩《關雎》就出現了；周幽王、周厲王的統治衰敗了，禮樂也崩潰了，諸侯肆意橫行，政令全由勢力強大的國家發佈。（B）因為世道混亂污濁，無人起用他，因此孔子周遊列國向七十幾位國君求官但是都得不到君主的信任。他感慨地說：「如果有人肯用我，只需一月就可以治理好國政了。」

以上三段例題我們逐一分析。先從「詞準」看。翻譯語句中需要把握的詞是：題（1）的「大用」（用在大處）；題（2）中的「實」（裝滿）、「負」（背着）、「致」（送達）、「若」（你的）；題（3）中的「作」（出現）、「微」（衰敗）、「壞」（崩潰）、「以」（由於、因為）、「幹」（求）、「遇」（遇合，得到君主的信任）、「期月」（滿一個月）等。

再從「句順」看。句段中需要注意的句式是：題（1）中的「大用」（用在大處）；題（2）中的反問句式「然此豈束修之禮？」；題（3）中的省略句「政由強國」，其省略的成分為「發佈」，「世以混濁莫能用」的省略的成分為賓語「他」。

最後從「意明」看。需要辨清的是：題 (1) 的「東」是「向東敗逃」，不是「向東進軍」；題 (3) 中的「嗟乎」在翻譯時要注意情感色彩，不能譯成「啊」；「幽厲」這個詞要辨析出是兩個人名，「期月而已矣」是指「滿一個月」後怎樣。

作了這樣的分析後，我們在翻譯時就有「把握」了，不至於僅僅停留在句子的文字上作翻譯。

2　把下列句子翻譯成現代漢語。（注意加點字的落實）

(1) 予從州牧得之，攬去翳朽，決疏土石，既崇而焚，既釃（疏導）盈。惜其未始有傳焉者，故累記其所屬，遺之其人，書之其陽，俾後好事者求之得以易。（柳宗元《石渠記》）

譯文 我從永州刺史那裏得知了這個地方，叫人清除遮蔽泉石的雜草朽木，開鑿土石來疏通泉水，把雜草朽木堆高後用火燒掉，泉流疏通後泉水就漫溢起來。可惜這石渠從來還沒有人記載它，所以我就把這裏的景物完備地記載下來，流傳給愛好山水的人，並刻寫在水渠的北岸，使得以後那些喜愛山水的人能夠容易地找到它。

(2) 庭下如積水空明，水中藻、荇交橫，蓋竹柏影也。何夜無月？何處無竹柏？但少閒人如吾兩人者耳。（蘇軾《記承天寺夜遊》）

譯文 月光照在院中，如水一般清明澄澈，竹子和松柏的影子，就像水中交錯的藻荇。哪一夜沒有月光？哪一處沒有竹子和松柏？但是像我們兩人這樣的閒人是少有的。

參閱了譯文後，你是否發現了在翻譯過程中除了要準確把握詞語的意義外，還要關注哪些內容？比如，段(1)中「攬去」的主語應該是誰？「焉」作甚麼用法？「累記所屬」中的「累」和「屬」在這個語言環境中該怎樣翻譯？「其人」指的是誰？「陽」是哪個方位？「好事者」又是指誰？段(2)中「積水空明」的修辭怎樣翻譯？「水中藻、荇交橫，蓋竹柏影也」的翻譯順序應該怎樣安排，等等。

翻譯中的特殊情況

　　文言文句子翻譯除了涉及到眾多的語法和詞義的知識以外，還會出現一些特殊的現象，其中主要是在翻譯中會涉及到一些修辭格和文化常識。

　　古人在表達時，由於所處年代的政治氛圍、道德規範、文化背景、民俗習慣等要素，使作者在表達文意的時候，「染上」了較明顯的「時空」色彩，這些色彩是那個時代的標誌，也是我們翻譯文章的障礙。如何排除這些障礙，讓文意真實，是我們需要關注和了解的。

　　文言修辭格在考試中經常出現的有：比喻、借代、比擬、對偶、誇張等。在考試中較多出現的是比喻和借代。翻譯時要根據具體情況確定是保留「原修辭格」還是「還其本來面目」。如：

1　譯出下列句中的劃線部分。

　　① 將軍<u>魚游於沸鼎之中，燕巢於飛幕之上</u>，不亦或乎？（《與陳伯之書》）

　　② 如欲以寬緩之政，治急世之民，<u>猶無轡策而御悍馬</u>，此不知之患也。（《韓非子》）

　　③ <u>井蛙不可以語於海者</u>，拘於虛也；<u>夏蟲不可以語於冰者</u>，篤於時也；<u>曲士不可以語於道者</u>，束於教

也。(《莊子》)

譯文 ① 好像魚兒游到了沸騰的鍋子裏,燕子把巢築在飄動的帷幕上。② 如同駕馭劣馬不用韁繩和鞭策一樣。③ 井底之蛙,不可能與它討論大海的問題,因為它受到地域的限制;夏蟲,不可能與它討論結冰的問題,因為它受到時間的限制。

①② 是描繪性比喻。比喻的本體在文中直接顯現:一是「將軍的行為」;二是「治政的行為」。③ 是推理性比喻。比喻的本體作為「結論」,而喻體是推斷結論的「原因」,是說理的重要組成部分。面對這樣的句子,一般情況下我們可以按照原句的「格式」直接翻譯,即保留「原修辭格」。

再如:

④ 乃使蒙恬北築長城而守藩籬。(賈誼《過秦論》)

⑤ 大王入武關,秋毫無所害。(《史記》)

④⑤ 句中的「藩籬」和「秋毫」如果直接翻譯就是「籬笆圍牆」和「秋天鳥身上新長的細小羽毛」。顯然,這樣翻譯與文意不合。因此,在翻譯是注意結合當時的歷史背景,在句 ④ 中我們由之前的「長城」可推知「藩籬」喻指「邊防屏障」,而句 ⑤ 上的「秋毫」則可譯為「細小的東西」。

是保留比喻的修辭格,還是直接把比喻意義翻譯出來,要看文章的具體情況。我們只要遵循一個原則:譯文意思既明白清楚,又生動形象。又如:

⑥ 當韓之亡,秦之方盛也,以刀鋸鼎鑊待天下之

士。其平居無罪夷滅者，不可勝數，雖有賁、育，無所複施。

……

非有平生之素，卒然相遇於草野之間，而命以僕妾之役，油然而不怪者，此固秦皇之所不能驚，而項籍之所不能怒也。（蘇軾《留侯論》）

上述句子中的「刀鋸鼎鑊」和「草野」都是借代，那麼如何翻譯，才能使得既保留文意的準確性，又顯示文意的生動性。讓我們先來作一個比較：

刀鋸鼎鑊：直譯可譯為「用刀鋸鼎鑊這樣的刑具對待天下的人才」；意譯可譯為「用酷刑對待天下的人才」；直譯加意譯可意為「用刀鋸鼎鑊這樣的酷刑對待天下的人才」。

草野：直譯可譯為「荒草野地」；意譯可譯為「民間」；直譯加意譯可譯為「荒草野地的民間」。

三種翻譯方法都屬於「信」（譯文準確地表達原意，不曲解原意）和「達」（譯文通順明白，符合現代漢語表達習慣，沒有語病）。但是從「雅」（在準確通順的基礎上表達得生動優美，再現原文的風格和神韻）的翻譯要求看，前兩種情況似乎略遜色些。所以，可以採用直譯加意譯的方法，使得文意準確通順又生動優美。再如：

⑦ 貂勃常惡田單，曰：「安平君，小人也。」安平君聞之，故為酒而召貂勃，曰：「單何以得罪于先生，故常見譽於朝？」貂勃曰：「跖之狗吠堯，非貴跖而賤

堯也，狗固吠非其主也。」(《戰國策》)

文中的「跖」和「堯」分別指傳說中的遠古帝王。前者是暴君，後者是仁君。這種以人名來「借代」的情況，在文言文中是屢見不鮮的。所借代「人」的政治傾向、仕途命運、道德標準、才能水準，乃至嗜好習慣等屬性和特徵，常常被後人用來「代指」與之同類的人或事。這樣的用法，能夠啟發讀者的聯想，增強語言表達的生動性，同時還可以使較複雜的意思簡潔、明瞭。如：和氏(卞和)代「美玉」；穰苴(齊國軍事家)代「兵書」或「有才能的軍事家」，等等。因此，在翻譯有「比喻」和「借代」情況出現的語句，以「明白」、「生動」為準則。

對古文中委婉辭的理解和掌握也是翻譯過程中要注意的方面。由於政治、民俗、習慣等原因，古人說話常常採用一種迂迴的表現方法，不把意思直接說明白。所以我們在翻譯時要透過字面體會到作者的「真情」所在。如：

⑧ 君即百歲後，誰可代君？(《漢書》)

⑨ 一旦山陵崩，長安君何以自托於趙？……十五歲矣。雖少，願未及填溝壑而托之。(《觸龍説趙太后》)

⑩ 此相國之手植者。自相國捐館，他人假居，由是筐篚者斬焉，彗帚者刈焉，刑餘之材，長無尋焉，數無百焉。(白居易《養竹記》)

在以上例句中，「百歲後」、「山陵崩」、「填溝壑」、「捐館」都是指「死」。古人一般情況下，諱病諱死，所

以不直接說出「死」這個字眼，而且根據死者的地位，
又有許多「等級」的表述。這種「委婉」的說法我們今
天也使用，只是沒有古人那麼繁文縟節罷了。這類「委
婉」，我們翻譯時一般均可以直接地譯成「死」的意思。
又如：

⑪ 假令愚民取長陵一抔土，陛下將何以加其法
乎？（《史記》）

⑫ 行年四歲，舅奪母志。（《陳情表》）

⑬ 若以越國之罪為不可赦也，將焚宗廟，系妻孥，
沉金玉於江。有帶甲五千人，將以致死，乃必有偶，是
以帶甲萬人事君也。（《勾踐天吳》）

古人在下對上（臣對君、晚輩對長輩、妻對夫等）
的對話中，在涉及違背道德的事情上，或是在外交辭令
的交流時，往往大量使用委婉語言。如例句中「取長陵
一抔土」意思是「挖掘帝王的陵墓」；「舅奪母志」意思
是「舅舅逼迫我母親改嫁了」，這樣「不道」、「不德」的
事情當然不便直接表述。如例 ⑬ 畫線的內容意思是「有
全副武裝的兵士五千人」，如果將他們置於死地，那麼
一個就可以頂上兩個，這樣就等於用一萬名戰士來同你
作戰了。這樣說，在外交辭令上既堅持強硬有理的尊
嚴，又顯得委婉恰當。這類「委婉」詞語在翻譯時要注
意把「真情」直接翻譯出來，使得整個句子的含義通順、
清楚。所以，翻譯「委婉」語，以「準確」、「清楚」為
準則。

翻譯的具體方法

　　翻譯文言文句子是對文言文閱讀知識和能力的綜合檢測，其中主要涉及到眾多的文言文語法和詞義的知識。如何準確把握、有效複習這些知識要點？方法是，在句子的字裏行間中，「尋」出考點；在句子的表面表像中，「尋」出重點。

　　一尋主要句式。文言句式有：判斷句式、被動句式、省略句式和倒裝句式四種。其中倒裝句式包括：賓語前置、定語後置、介詞結構後置和謂語前置等。

　　二尋特殊用法。特殊用法主要涉及詞類活用：名詞作狀語，名詞、形容詞作動詞，動詞、形容詞作名詞，名詞、動詞、形容詞的使動用法，名詞、形容詞的意動用法、為動用法。

　　三尋關鍵字義。關鍵字義是指一個句子中最重要的詞的意義：古今異義、偏義複詞、一詞多義、通假字等等。

　　這三類知識是文言文知識的主要「網路」，這就要求我們在複習的過程中踏踏實實地「編織」好這張「網」，只有這樣，在句子翻譯過程中，才具有「尋」出「考點」和「重點」的能力。

　　在實際的翻譯（答題）過程中，可以逐次「尋覓」所

考句子中幾個方面的知識點。只要準確知道它要「考」甚麼，就可以正確把握「考點（得分點）」了。如：

① 昔在有隋，統一寰宇，甲兵強銳，三十餘年，風行萬里，威動殊俗，一旦舉而棄之，盡為他人之有。彼煬帝豈惡天下之治安，不欲社稷之長久，故行桀虐，以就滅亡哉？恃其富強，不虞後患。驅天下以從欲，罄萬物而自奉，采域中之子女，求遠方之奇異。<u>宮苑是飾，台榭是崇</u>，徭役無時，干戈不戢。（《貞觀政要》）

「宮苑是飾，台榭是崇」：我們首先要「尋」出它有何「句式特點」，可以發現這個句子中有「是」作為倒裝的標誌詞語；然後再「尋」出「飾」和「崇」的詞義分別是「裝飾」和「建造」。如果這兩個判斷都正確的話，那麼，整個句子的翻譯就駕熟就輕了。因此，這句話的翻譯為「裝飾華麗的宮殿園林，建造高高的亭台樓榭。」

② 今之學者，讀古人書，多訾古人之失；與今人居，亦樂稱人失。人固不能無失，然試易地以處，平心而度之，吾果無一失乎？吾能知人之失而不能見吾之失，吾能指人之小失而不能見吾之大失。<u>吾求吾失且不暇，何暇論人哉？</u>

弈之優劣，有定也。一着之失，人皆見之，雖護前者不能諱也。理之所在，<u>各是其所是，各非其所非</u>。世無孔子，誰能定是非之真？（錢大昕《弈喻》）

「吾求吾失且不暇，何暇論人哉？」：首先要「尋」這句話是否有特殊的句式特點，第二要尋找句中的重點詞。這個句子中有好幾個詞需要在翻譯中一一落實，

如「求」（尋求、反思），「且」（況且、尚且），「暇」（時間、空閒），「論」（評價、談論）。如果只是想當然地、粗略地翻譯為「我哪裏有時間談論他人的過失和錯誤」或「我沒有時間談論別人的過失和錯誤」，看似意思基本正確，但是不能得滿分。因為遺漏了兩個詞義「求」和「且」。另外要注意的是翻譯句子要小心其語言順序，不要作不必要的調換。因此，這句話的翻譯為「我尋求我自己的過失尚且沒有時間，哪裏還有空閒談論他人的過失或錯誤呢？」

「各是其所是，各非其所非」：首先可以判斷出這是「意動用法的句子」，這是全句翻譯的核心，準確把握了它，整個句子的翻譯就得心應手了。其中兩個「是」（認為正確，正確）和「非」（認為錯誤，錯誤）的不同「詞性」需要細微的區別。因此，這句話的翻譯是「各自以他所認為正確的為正確的，各自以他所認為錯誤的為錯誤的。」

③ 黃溪距州治七十里，由東屯南行六百步，至黃神祠。祠之上，<u>兩山牆立，如丹碧之華葉駢植，與山升降</u>。其缺者為崖峭岩窟，水之中皆小石平布。黃神之上，揭水八十步，至初潭，最奇麗，殆不可狀。其略若剖大甕，側立千尺，溪水積焉。黛蓄膏渟（凝），來若白虹，沉沉無聲，有魚數百尾，方來會石下。（柳宗元《游黃溪記》）

「兩山牆立，如丹碧之華葉駢植，與山升降」：這個句子知識點較多，所以「尋」出所有考點顯得尤為重要，

如：牆（名詞作狀語）；丹碧（紅色與綠色），而且可知「丹」與後文的「華」相配，「碧」與後文的「葉」相連；華（花）；駢（並排着）；升降（高上去，低下來）。像這樣詞義的理解密度較高的句子，在考試中經常出現。因為它能夠在有限的空間（一個句子）內，檢測更多的知識如，句式、詞義。因此，在面對這樣的句子時，切勿心急，細心找出重點詞，分析後再理順整句意義。此句的翻譯是「兩座山像牆壁一樣直立，山壁上紅花綠葉好像並排着生長，並且隨着山勢高下起伏。」

④ 貞元十九年春，居易以拔萃選及第，授校書郎。始於長安求假居處，得常樂裏故關相國私第之東亭而處之。明日，履及於亭之東南隅，見叢竹於斯，枝葉殄瘁，無聲無色。詢於關氏之老，則曰：「此相國之手植者。自相國捐館，他人假居，<u>由是筐篚者斬焉，彗帚者刈焉</u>，刑餘之材，<u>長無尋焉，數無百焉</u>，又有凡草木雜生其中，菶茸薈蔚，有無竹之心焉。」居易惜其曾經長者之手，而見賤俗人之目，剪棄若是，本性猶存，乃芟蘙薈，除糞壤，疏其間，封其下，不終日而畢。於是，日出有清陰，風來有清聲，依依然，欣欣然，若有情於感遇也。（《養竹記》白居易）

「筐篚者斬焉，彗帚者刈焉」：有兩個重要的知識需要「尋」出來。一是「筐篚」（竹編籮筐，作動詞）和「彗帚」（竹編掃帚，作動詞）的詞義，它與「例①」中的「宮苑」和「台榭」不同，「筐篚」和「彗帚」恰恰是最主要的「考點」。另一個是「焉」的詞義（「焉」為代詞）。如

果在翻譯前的判斷出了偏差，那麼整個句子的翻譯就會「一錯到底」了。因此，句子翻譯為「編製竹筐的人砍斬它們，捆紮掃帚的人砍伐它們。」

「長無尋焉，數無百焉」：同樣也有兩個主要的知識點需要「尋」出來。一是「長」(是「長度」不是「生長」的意思)；「尋」(是度量單位，不是「尋找」的意思)；「數」(是「數量」，不是「數數」的意思)。另一個是「焉」的詞義(「焉」為助詞)。句子翻譯為「竹子長度不到一尋，數量不到一百。」在翻譯過程中，準確地「尋」出知識點、考點，必須建立在扎實的對文言文知識的掌握上，否者我們只能是盲人摸象或緣木求魚了。有了扎實的知識基礎，然後再注重運用「尋」的方法，「尋」出句子中的重點、考點，那麼我們必然能獲得「驀然回首，那人卻在燈火闌珊處」的喜悅。

翻譯常見的失誤

一、不需要翻譯的硬譯

凡是國名、地名、人名、官名、帝號，年號、器物名、度量衡等專用名詞，在翻譯時，一般是原封不動地保留下來，因為這些詞一般都無法與現代漢語對譯，如果勉強對譯會顯得生硬、彆扭。如：

今之事君者曰：「我能為君辟土地，充府庫。」（《孟子‧告子下》）

錯譯 現在侍奉國君的人說：「我能替國君開闢疆土，充實政府的倉庫。」

分析 「府庫」並不是指政府的倉庫，此處可直譯。

二、用今義理解古義

脫離了文字所處的環境，忽略了古今詞義的變化，只是用現代漢語的理解去解釋文字。下面幾個句子是這方面失誤的典型。如：

① 是女子不好。（《西門豹治鄴》）

錯譯 這個女子品質不好。

分析 「不好」在今義中是品德不好意思，但在古文

中應該是「不漂亮」。

② 永雖小人，必欲服勤致力，以報厚德。(《搜神記》)

錯譯 我雖然是個小人，一定要勤勞服侍盡心盡力，來報答您的大德。

分析 用今義理解「小人」，應該是「見識淺薄的人」。

③ 使者大喜，如惠語以讓單于。(《蘇武傳》)

錯譯 使者聽了很高興，按照常惠說的來辭讓單于。

分析 用今義理解「讓」，應該是「責備」。

④ (虎)斷其喉，盡其肉，乃去。(《黔之驢》)

錯譯 老虎咬斷驢子的喉嚨，吃完驢子的肉，才到樹林中去。

分析 用今義理解「去」，應該是「離開」。

⑤ 先帝不以臣卑鄙。(《出師表》)

錯譯 先帝(劉備)不認為我卑鄙無恥。

分析 用今義理解「卑鄙」，應該是「地位低下，見識淺陋」。

⑥ 不愛珍器重寶肥饒之地。(《過秦論》)

錯譯 不愛惜珍珠寶器肥田沃土。

分析 譯句中把「愛」譯成「愛惜」不當，「愛」有愛

惜之意，但在這個句子中是「吝嗇」的意思。

三、漏譯內容

在翻譯過程中，把一些主要的必要的資訊遺漏了，而且這些遺漏的內容粗看對原文的文意似乎沒有多少影響。也正因為這樣在翻譯後常常沒有引起我們的注意。如：

以相如功大，拜上卿。（《廉頗藺相如列傳》）

錯譯 以藺相如的功勞大，拜他為上卿。

分析 譯句沒有把「以」譯出來，應當譯成「因為」；「拜」也被漏譯，應當譯成「任命」才算正確。

四、不該譯內容作了翻譯

與上述情況相反，有時候把不該翻譯出來的內容作了累贅的翻譯，同樣這些累贅的內容粗看對原文沒有甚麼影響，但是仔細推敲後，才發覺是畫蛇添足。如：

師道之不傳也久矣，欲人之無惑也難矣！（《師說》）
錯譯：從師學習的風尚不流傳也已經很久了，想要別人沒有困惑也是難以實現的。

分析 譯句中沒把原句中的「也」刪去，造成了明顯的錯誤。其實原句中的「也」是句中語氣助詞，起到舒緩語氣的作用，沒有實在意義，在翻譯時必須刪去。在文言文中有些只表示停頓、湊足音節，或者起語氣作用的助詞，或者起連接作用的虛詞，它們沒有實在的意

義，雖然在原文中是必不可少的，但在翻譯時，因為沒有相當的詞可以用來表示它，應該刪除不譯。比如表示判斷的「者」和「也」或「……者也」、「者……也……」，在翻譯時應該從譯句中去掉，並在適當的地方加上判斷詞「是」。

五、省略成分沒有補充

雖然，有些省略成分沒有必要翻譯，但有的省略成分必須翻譯出來，如果不補充出省略的內容，文意或是殘缺，或是產生歧義。在這些現象中，最主要的是各個分句的主語發生了變化時，這個省略的主語就必須補充出來。如：

① 觸草木，盡死。（《捕蛇者説》）

錯譯 蛇接觸了草木，全都死掉了。

分析 這樣翻譯完全錯誤了，因為「盡死「的是草木，而不是蛇。第二個分句的主語沒有補充翻譯後的文意出現了偏差。

② 權以示群下，莫不響震失色。（《赤壁之戰》）

錯譯 孫權給群臣看，沒有誰不嚇得改變了臉色的。

分析 句中的「以」後面省略「之」，指代曹操的書信，而譯句中沒有譯出來，產生了歧義：是看到孫權失色呢，還是看到其他失色？應該在「孫權」的後邊加上「把曹操的書信」，句義才清楚。

六、該增添的內容沒有增添

有些句子在翻譯時不是屬於成分的省略，而是根據現代漢語的習慣，必須增添一些內容，才能使得翻譯後的文句通順，意思明確。如：

① 林盡水源，便得一山。(《桃花源記》)

錯譯 桃花林在溪水發源的地方沒有了，就看見一座山。

分析 在兩個分句之間雖然沒有省略甚麼成分，但譯文顯得生硬費解。如果在分句之間加上「在那裏」，這樣語意就通順了。

② 由是先主遂詣亮，凡三往，乃見。(《隆中對》)

錯譯 因此先主劉備就拜訪諸葛亮，總共三（次），才見到他。

分析 譯句按照現代文的習慣閱讀理解，文意沒有錯誤，但是總覺得句子生硬，因此在翻譯中，除了對省略的成分作出補充以外，還要從文意的角度增添一些詞語，使得句子既符合文言本義，又符合現代文的閱讀習慣。這個句子應該這樣翻譯：因此，先主劉備就（去）拜訪諸葛亮，總共（去了）三（次），才見到他。

七、只作意譯

一般說來，文言文翻譯必須尊重原文的內容，直譯

為主，意譯為輔。在不能直譯的時候，才能意譯。這是翻譯的原則，絕對不能根據個人的理解隨意增添內容（語言）。如：

① 身死國滅，為天下笑。（《伶官傳序》）

錯譯 自己遭受了痛苦的死亡命運，國家也在悲慘的歲月中滅亡，被普天下的所有人嘲笑。

分析 在翻譯過程中摻入了許多不必要的字詞，似乎在表達譯者的感情，但是離原意卻遙遠了。

② 三人行，必有我師焉。（《論語》）

錯譯 很多人在一起走，肯定有品行高潔，學有專長，樂於助人並且可以當我老師的人在裏面。

分析 譯句中的「品行高潔、學有專長，樂於助人的人」原句中沒有這個內容，是翻譯者隨意加進去的，這種主觀性的隨意翻譯也是翻譯的大忌。

八、翻譯時忘記了文言句式特點

在翻譯時忘記了文言句式特點，只是按照現代漢語語法規則組成句子。倒裝句以正常順序譯是最典型的現象。如：

① 求人可使報秦者，未得。

錯譯 尋找人可以出使回報秦國的，沒有找到。

分析 原句是定語後置，在翻譯時必須把定語放回

到中心詞前邊，正確的翻譯是：尋找可以出使回報秦國的人，卻沒有找到。

② 蚓無爪牙之利，筋骨之強。（《勸學》）

錯譯 蚯蚓沒有爪子和牙齒的鋒利，筋骨的強壯。

分析 這個譯句沒有按定語後置的特點來譯，正確的翻譯應該是：蚯蚓沒有鋒利的爪子和牙齒，強壯的筋骨。

九、翻譯時忽略了文言修辭（文化）現象

文言中的修辭，尤其是比喻、借代和擬人等現象，在翻譯的時候要根據上下文有所體現。如：

① 乃使蒙恬北築長城而守藩籬。（《過秦論》）

錯譯 就派遣蒙恬到北方去修築長城並守衛藩籬。

分析 翻譯時把「藩籬」的比喻意義給忽略了，在這裏「藩籬」是邊境。

② 視事三年，上書乞骸骨。（《張衡傳》）

錯譯 管理政務三年，就向皇帝上書乞討自己這把老骨頭。

分析 這裏「乞骸骨」是請求辭官退休的意思，如此「直譯」，忽略了文言中的文化現象。

第五章

文言閱讀

從大多數試卷中文言文閱讀的題目看，考點主要有兩個：一是涉及對事件的梳理，包括對具體內容的分析；二是涉及對人物品行的概括，包括對人物性格、相貌、語言等的概括。

一般情況下，在「事件的梳理」中，選項或填空都是按照行文的順序來設置選項的，所以就必須按照「順序」來細讀原文，理清圍繞人物發生、發展的事件線索和情節脈絡。要讀出「幾件事」和「主要事」；要讀出對人物或事件的褒或貶。

在「品行的概括」中，對有效資訊的篩選，更需要研讀文章，尤其不要被「假像」(似是而非的選項) 所迷惑。對題目的審視要細緻、準確：是對品行的概括，還是對品德的概括？是直接概括，還是包括間接概括？是某一方面的品質，還是全部品質？這些內容在審題時，都要十分關注，清晰了解。

讓我們先來看看以下幾個閱讀題。

1. 閱讀下面文言文，回答問題。

先帝知臣謹慎，故臨崩寄臣以大事也。受命以來，夙夜憂歎，恐託付不效，以傷先帝之明，故五月渡瀘，深入不毛。今南方已定，兵甲已足，當獎率三軍，北定中原，庶竭駑鈍，攘除奸凶，興復漢室，還於舊都。此臣所以報先帝而忠陛下之職分也。至於斟酌損益，進盡忠言，則攸之、褘、允之任也。

願陛下托臣以討賊興複之效，不效，則治臣之罪，以告先帝之靈。若無興德之言，則責攸之、禕、允等之慢，以彰其咎；陛下亦宜自謀，以諮諏善道，察納雅言，深追先帝遺詔。臣不勝受恩感激。(《前出師表》)

(1) 請從文中摘錄表現諸葛亮對後主殷切希望的句子。

答案 陛下亦宜自謀……深追先帝遺詔。

(2) 請用 6 個字概括上文作者所表達的思想感情。

答案 報先帝忠陛下。

2. 閱讀下面文言文，回答問題。

　　天下事有難易乎？為之，則難者亦易矣；不為，則易者亦難矣。人之為學有難易乎？學之，則難者亦易矣；不學，則易者亦難矣。

　　蜀之鄙有二僧，其一貧，其一富。貧者語於富者曰：「吾欲之南海，何如？」

　　富者曰：「子何恃而往？」

　　曰：「吾一瓶一缽足矣。」

　　富者曰：「吾數年來欲買舟而下，猶未能也。子何恃而往！」

　　越明年，貧者自南海還，以告富者。富者有慚色。

　　西蜀之去南海，不知幾千里也，僧富者不能至而貧者至焉。人之立志，顧不如蜀鄙之僧哉？

（1） 本文引用的故事，意在闡述的道理是甚麼？

答案 蜀鄙二僧去南海志向堅定，貧者成功，而富者未成。這說明只要發揮人的主觀努力，即使客觀條件差也能克服困難，取得成功。

上述兩題，典型地代表了考查範圍、內容和形式，讓我們對此作簡單的分析：

例 1 的兩個小題都是考查「品行的概括」，區別的是前者是「在原文中尋找句子」，考查的是一般的「篩選能力」；後者在「篩選」的基礎上，還要考查「概括」能力，比前者提高了要求，而且文字數量也作了限制。

例 2 考查的「概括」能力要求更高，但也是對原文閱讀的理解基礎上進行「概括」，考查的側重點是對文章整體的把握和理解。

3. 閱讀下列文言文，回答問題。

A 優孟，故楚之樂人也。長八尺，多辯，常以談笑諷諫。楚莊王之時，有所愛馬，衣以文繡，置之華屋之下，席以露牀，啖以棗脯。馬病肥死，使群臣喪之，欲以棺槨大夫禮葬之。左右爭之，以為不可。王下令曰：「有敢以馬諫者，罪致死。」優孟聞之，入殿門，仰天大哭。王驚而問其故。優孟曰：「馬者王之所愛也，以楚國堂堂之大，何求不得，而以大夫禮葬之，薄，請以人

君禮葬之。」王曰：「寡人之過一至此乎！」於是使以馬屬太官，無令天下久聞也。楚相孫叔敖知其賢人也，善待之。病且死，屬其子曰：「我死，汝必貧困。若往見優孟，言我孫叔敖之子也。」居數年，其子窮困負薪，逢優孟，與言曰：「我，孫叔敖子也。父且死時，屬我貧困往見優孟。」優孟曰：「若無遠有所之。」即為孫叔敖衣冠，抵掌談語。歲余，像孫叔敖，楚王及左右不能別也。莊王置酒，優孟前為壽。莊王大驚，以為孫叔敖複生也，欲以為相。優孟曰：「請歸與婦計之，三日而為相。」莊王許之。三日後，優孟複來。王曰：「婦言謂何？」孟曰：「婦言慎無為，楚相不足為也。如孫叔敖之為楚相，盡忠為廉以治楚，楚王得以霸。今死，其子無立錐之地，貧困負薪以自飲食。必如孫叔敖，不如自殺。」因歌曰：「山居耕田苦，難以得食。起而為吏，身貪鄙者餘財，不顧恥辱。身死家室富，又恐受賕枉法，為奸觸大罪，身死而家滅。貪吏安可為也！念為廉吏，奉法守職，竟死不敢為非。廉吏安可為也！楚相孫叔敖持廉至死，方今妻子窮困負薪而食，不足為也！」於是莊王謝優孟，乃召孫叔敖子，封之寢丘四百戶，以奉其祀。後十世不絕。（節選自《史記‧滑稽列傳》）

（1）下列對原文有關內容的分析和概括，不正確的一項是

A　優孟言辭詼諧幽默。楚莊王想厚葬所愛之馬，群臣進諫反遭嚴詞拒絕；優孟以反語諷諫，說是以大夫禮不夠隆重，使莊王認識錯誤，收回成命。

B　孫叔敖十分看中優孟，臨終前預料兒子必將貧困，

要他到時去找優孟尋求幫助。優孟慨然允諾孫叔敖子後，極力模仿孫叔敖，想使楚莊王醒悟。

C 楚莊王誤以為優孟是孫叔敖複生，想任他為相。優孟與妻子商定三日之後為相，又責怪莊王利用孫叔敖成就霸業，而對他的後代卻不聞不問。

D 優孟由孫叔敖一事而引發感慨，指出為官者不應貪鄙求財，否則將觸犯法令而身死家滅；但廉吏死後，其家人卻會面臨窮困潦倒的悲慘境遇。

答案 C

（2） 以下六句話，分別編為四組，全都說明周維城優良品質的一組是

① 豐大懼，皇皇然若無所容

② 過吳山，有相者睨之良久

③ 是文如丹砂，公殆有隱德

④ 豐急令如故藏，誡勿言

⑤ 吾愧吳翁、焦翁

⑥ 默置其戶中，不使知也

A ①④⑤　B ①③④　C ②③⑥　D ②⑤⑥

答案 A

　　上述兩個題目，就典型地代表了考試的考查範圍、內容和形式，讓我們對此作簡單的分析：

　　第 1 題，C 項中「優孟與妻子商定三日之後為相」應該是「商定三日之後再來（決定是否）為相」，「又責怪莊王」的含義文中沒有涉及。

第 2 題，本題重點考查對人物品行的概括，要求我們具有篩選有效資訊的能力。① 表現的是周維城的孝道，屬於「優良品質」。② 從側面寫張維城的相貌。③ 寫相面先生從周維城的手相推知他有隱德。④ 表現周維城的寬宏大量，屬於「優良品質」。⑤ 表現出周維城的謙遜，屬於「優良品質」。⑥ 寫周維城做好事不留名，不事張揚，屬於「優良品質」。這樣 ①④⑤⑥ 四項都屬於他的優良品質。所以本小題只能選 A，即 ①④⑤。

　　「事件的梳理」和「品行的概括」是建立在對文言全文的仔細閱讀基礎上的，它要求我們在理解文章的基礎上能夠對文章的內容進行梳和概括，從而把握對文章的整體理解，然後根據題目要求「篩選」文中的相關資訊。完成這類題目，要特別注意人物的事蹟概括是否準確，有無張冠李戴、生拉硬拽的現象；要注意事件的時間是否準確，有無移花接木、顛倒順序的現象；要注意人物性格的陳述是否恰當，有無牽強附會、故意拔高的現象。

　　總之，文言文閱讀，最重要的是讀懂詞句，在此基礎上把握文章的內容，做到分清主次，看材料寫了幾個人、幾件事、表達了幾層意思。哪些是重點詳寫的，哪些是簡要略寫的；同時還要理清事件的前因後果。這樣就可以對文章的內容有明晰的把握。

考試中的文言閱讀，所選文章往往是古代賢臣良將的故事，大概意思比較容易讀懂，只是落實到個別字詞時，讓人要花費精神。但這並不可怕，遇到實在不懂的地方，可以先不求甚解，繼續往下讀，也許到後來就能自然明白，而且還可以通過題目找到答案。如果不影響做題就不必去「字字落實」，有的地方在閱讀上是可以囫圇吞棗，模糊帶過的。

那麼，我們從哪裏入手來進行有效地複習、掌握文言整體閱讀的基本方法和能力呢？我們可以從五個方面入手。

一、讀出結構（線索），讀出主旨（觀點、內容），讀出重點文言詞語。如：

楚襄王問於宋玉曰：「先生其有遺行與？何士民眾庶不譽之甚也！」

宋玉對曰：「唯，然，有之！願大王寬其罪，使得畢其辭。客有歌於郢中者，其始曰『下里巴人』，國中屬而和者數千人；其為『陽阿薤露』，國中屬而和者數百人；其為『陽春白雪』，國中屬而和者不過數十人；引商刻羽，雜以流征，國中屬而和者，不過數人而已；是其曲彌高，其和彌寡。」（以「曲高和寡」說明自己確實「有遺行」，以及士民眾庶不譽他的原因。）

「故鳥有鳳而魚有鯤，鳳凰上擊九千里，絕雲霓，負蒼天，翱翔乎杳冥之上；夫蕃籬之鷃，豈能與之料天地之高哉？鯤魚朝發昆侖之墟，暴鬐於碣石，暮宿於孟

諸；夫尺澤之鯢，豈能與之量江海之大哉？」（以鳥、魚作喻説明士民眾庶不譽他的原因。）

「故非獨鳥有鳳而魚有鯤也，士亦有之。夫聖人瑰意琦行，超然獨處；夫世俗之民，又安知臣之所為哉」（説明自己如同「鳥中鳳」、「魚中鯤」一般，是士中之聖人？（因此世俗之民當然不知道我了。）（《楚辭》）

上文是一篇對話性的文章，其中宋玉的回答又可以看作是一段嚴格意義上的「議論文」，要回答整體性的問題，首先必須劃分出文章的結構順序和邏輯層次。從文意看，宋玉回答的三個段落表達三層意思，從邏輯上看，即是「提出問題」──「分析問題」──「概括結論」。文章的主旨（觀點）是最終説明宋玉是士中之聖人。

有了這樣的把握，我們就可以面對由這個文段而「命」的整體性閱讀理解的題目了。

文言文的主題思想通常都與當時的時代或事件有關，閱讀時一定要有所考慮。答題時要注意注釋中的背景資料，如果沒有注釋，那就要看看在文章裏有沒有體現相關背景資料。如果是名家，還要了解其經歷、思想、政治態度等，

這些都有助於我們正確回答整體性的題目。

如下文是一篇傳記性文章，那麼，我們可以這樣閱讀。

洪渥，撫州臨川人。為人和平。與人游，初不甚歡，久而有味。家貧。以進士從鄉舉，有能賦名。初

進於有司，輒連黜；久之乃得官。官不自馳騁，又久不進，卒監黃州麻城之茶場以死。死不能歸葬，亦不能還其孥。裏中人聞渥死，無賢愚，皆恨失之。（洪渥為人、為官的態度：久而有味、有能賦名、清廉。）

予少與渥相識，而不深知其為人。渥死，乃聞有兄年七十餘，渥得官而兄已老，不可與俱行。渥至官，量口用俸，掇其餘以歸，買田百畝，居其兄，複去而之官，則心安焉。渥既死，兄無子，數使人至麻城，撫其孥，欲返之而居以其田。其孥蓋弱，力不能自致。其兄益已老矣，無可奈何，則念輒悲之。其經營之猶不已，忘其老也。渥兄弟如此，無愧矣。渥平居若不可任以事，及至赴人之急，早夜不少懈。其與人真有恩者也。（洪渥對兄，洪渥兄對弟的情誼：平凡、恩愛、有情義。）

予觀古今豪傑士傳，論人行義不列於史者，往往務摭奇以動俗；亦或事高而不可為繼；或伸一人之善而誣天下以不及。（批評了三種「古今豪傑傳」：獵奇、高不可攀、為褒一人而貶萬人。）雖之輔教驚世，然考之中庸，或過矣。如渥之所存，蓋人之所易到，故載之雲。（作傳原因和目的：表彰洪渥「人人所易到」的行為，教化世俗、世人。）（曾鞏《洪渥傳》）

對文章進行了較詳細的逐層分析後，我們就了解了文章中人物的品行，以及作者記傳的原因、目的等資訊。有了這個閱讀前提，解答整體閱讀的題目就能水到渠成了。

二、以記敘性文體為主，關注其他多種文體。

從近年考試文言文命題來看，文言文閱讀材料的選擇，一般情況以「記敘性」、「寫景性」文體為主，有時也兼及議論性文體（包括詩評性文體）。有的選擇兩篇（段）文章，一篇側重文意的解讀和理解；一篇側重文言字、詞、句的解釋、翻譯等知識性的考查，有時候還會進行淺層次的比較閱讀。針對這種情況，我們可以採取這樣的對策和方法：

記敘性文言文，要「了解」圍繞人物發生的事件，以及在事件中人物的行為和人物之間的關係和表現；要「理解」通過這些關係和表現反映出來的人物品行和思想。一般情況下，考試所選擇的文言語段以「敘述後略有概括或議論」或「議論後再敘述」的文體為主。這符合現在中學生文言文閱讀的認知能力，也體現和落實了檢測中學生閱讀「淺近文言文」的基本要求。如：

例1：余幼時即嗜學。家貧，無從致書以觀，每假借於藏書之家，手自筆錄，計日以還。天大寒，硯冰堅，手指不可屈伸，弗之怠。錄畢，走送之，不敢稍逾約。以是人多以書假余，余因得遍觀群書。既加冠，益慕聖賢之道。又患無碩師名人與游，嘗趨百裏外，從鄉之先達執經叩問。先達德隆望尊，門人弟子填其室，未嘗稍降辭色。余立侍左右，援疑質理，俯身傾耳以請；或遇其叱咄，色愈恭，禮愈至，不敢出一言以複；俟其欣悅，則又請焉。故余雖愚，卒獲有所聞。（節選自宋濂《送東陽馬生序》）

1. 人們為甚麼「多以書假余」?

答案 因為我守信用,按時還書。

2. 從本段看,作者最終能夠學業有成的原因是:

(1) _____;(2) _____;(3) _____。

答案 刻苦好學;博覽群書;虛心請教

　　例2:(一)山不在高,有仙則名。水不在深,有龍則靈。斯是陋室,惟吾德馨。苔痕上階綠,草色入簾青。談笑有鴻儒,往來無白丁。可以調素琴,閱金經。無絲竹之亂耳,無案牘之勞形。南陽諸葛廬,西蜀子雲亭。孔子雲:何陋之有?(劉禹錫《陋室銘》)

　　(二)子曰:「賢哉,回也!一簞食,一瓢飲,在陋巷,人不堪其憂,回也不改其樂。賢哉,回也!」(選自《論語》)

1. 用《陋室銘》中的句子填空。

　　「空山無人,水流花開」二句,極琴心(寄託心意的琴聲)之妙境;「勝固欣然,敗亦可喜」二句,極手談(下圍棋)之妙境:「____,____」二句,極交友之妙境。

答案 談笑有鴻儒,往來無白丁

2. 劉禹錫和顏回一居「陋室」,一在「陋巷」,對此,他們的態度如何?體現了他們怎樣的精神品質?

答案 劉禹錫:陋室不陋;顏回:不改其樂、安貧樂道。

　　議論性文言文,要「了解」文章的觀點,要「揣摩」文章的邏輯,要「把握」文章的結構,要「體會」文章的

語言。這類文體較容易「出」一些文意理解性的題目，所以認真閱讀、剖析文章說甚麼、怎麼說，顯得尤其重要。如：

〔甲〕墨池之上，今為州學舍。教授王君盛恐其不章也，書「晉王右軍墨池」之六字於楹間以揭之，又告于鞏曰：「願有記。」推王君之心，豈愛人之善，雖一能不以廢，而因以及乎其跡邪？其亦欲推其事，以勉其學者邪？夫人之有一能，而使後人尚之如此，況仁人莊士之遺風餘思，被於來世者何如哉。

〔乙〕人有從學者，董遇（人名）不肯教，而雲「必當先讀百遍」。又言：「讀書百遍，其義自見。」從學者雲：「苦於無日。」董遇言：「當以三餘。」或問「三餘」之意，董遇言：「冬者歲之餘，夜者日之餘，陰雨者時（農時）之餘也。」

1. 用自己的話概括，〔甲〕文中王君推崇王羲之的目的是；〔乙〕文中董遇告訴從學者。

答案 勉學勸善；利用「三餘」勤讀

2. 談談你讀〔乙〕文後獲得的啟示。

答案 善於利用閒置時間來學習。可從不同角度談啟示，如 ① 讀書百遍，其義自見 ② 董遇誨人不倦……

因此在文言文複習的過程中，對複習的內容要有所選擇。我們在一般情況下，要選擇以「記敘性」文體或「淺近議論性」文體為主的文章複習，切忌鑽「純議論性」文體或艱澀難懂的文章，否則只能是事倍功半。

三、注重對文意的整體把握和理解。

近年來對「文意的把握」的考題越來越多，側重於「理解文意」的考題已經接近或超過對文言文字、詞、句等「知識性」的考查。對文章觀點的把握，對文章層次的分析，對文章事件的概括，對語言修辭的理解，這類題目已經是語文試卷上文言文閱讀題的「常客」。

理解、概括、評價、感悟、鑒賞性的能力訓練要有所加重。

試卷命題在這些方面有所「側重」的傾向近年來已經「躍然」紙上，答題的開放度也有清晰的體現。有些題目集「理解、概括、評價、感悟和鑒賞」其中的若干項要求為一體，充分體現了「閱讀理解淺近文言文」的要求，也給學生答題提供了「有限」的自由空間。所以我們在對文章認真研讀的基礎上，還需要有較好的文字表達能力。如：

景公飲酒，夜移於晏子，前驅款門曰：「君至！」晏子被元端，立於門曰：「諸侯得微有故乎？國家得微有事乎？君何為非時而夜辱？」公曰：「酒醴之味，金石之聲，願與夫子樂之。」晏子對曰：「夫布薦席，陳簋簋者①，有人，臣不敢與焉。」

公曰：「移於司馬穰苴之家。」前驅款門，曰：「君至！」穰苴介冑操戟立於門曰：「諸侯得微有兵乎？大臣得微有叛者乎？君何為非時而夜辱？」公曰：「酒醴之味，金石之聲，願與將軍樂之。」穰苴對曰：「夫布薦席，陳簋簋者，有人，臣不敢與焉。」公曰：「移於梁丘

據之家。」前驅款門，曰：「君至！」梁丘據左操瑟，右挈竽，行歌而出。公曰：「樂哉！今夕吾飲也。微此二子者，何以治吾國；微此一臣者，何以樂吾身。」

君子曰：「聖賢之君，皆有益友，無偷樂之臣，景公弗能及，故兩用之，僅得不亡。」（《晏子春秋》）

注：① 簠簋：擺設宴席的器皿。

1　從晏子「被元端，立於門」的行為中可以看出晏子怎樣的性格和品行。

2　晏子、司馬穰苴和梁丘據在被景公邀請夜飲時，三人的表現和心理有哪些異同？

3　從晏子和司馬穰苴向景公的發問，可以判斷他們兩人各自怎樣的身份？

　　晏子：「諸侯得微有故乎？國家得微有事乎？」；

　　司馬穰苴：「諸侯得微有兵乎？大臣得微有叛乎？」

分析：這是一篇記敘性的文章，閱讀後想一想它記敘了一件甚麼事情？事情中涉及到哪幾個人？這些人都有怎樣的身份和品行？這個故事不到三百字，卻生動地刻畫了四個鮮明的形象：景公的嗜酒成性，揮霍無度，深更半夜還要飲酒作樂，獨自飲酒覺得無趣，出宮來尋找大臣陪他飲酒；三個大臣中晏子與司馬穰苴都能夠忠於職守，拒絕了景公的邀請，只有梁丘據出來滿足了景公的欲望。在人物形象的刻畫上，可以說是「栩栩如生」。

1. 晏子在「君至」的情況下，仍舊能夠「被元端，
立於門」（這裏考查的是對「被元端」意思的大
概理解：穿着黑色的禮服），可見晏子「從容不
迫，不失丞相責任」的性格和品行。

2. 晏子、司馬穰苴都以「夫布薦席，陳簠簋者，
有人，臣不敢與焉。」的理由拒絕了景公的邀
請，他們能夠忠於自己的職守，對景公的行為
表示惱怒和斷然拒絕，心理上對景公不務國
事，夜飲尋歡不滿；梁丘據「左操瑟，右挈竽，
行歌而出」的表現迎合了景公的需求，是一個
獻媚的佞臣形象（這裏考查的是對晏子、司馬
穰苴、梁丘據三人「對曰」內容的理解）。

3. 從全文的對話可以看出：晏子的身份是主管政
事的官員；司馬穰苴的身份是主管軍政的官
員（重點理解的詞語是「故」：指外交方面的
事情；「事」：指國家的重大事情；「兵」：指軍
事行動方面的事情；「叛」：指大臣內部叛亂的
事情）。

　　三個題目雖然都沒有直接涉及到文言字、詞、句的
解釋，但是要正確理解文意、回答題目，必然離不開對
字、詞、句的大意理解。要正確回答這一類「純」文意
理解題目的基礎仍舊是對文言字、詞、句的「知識」掌
握，只是對字、詞、句的理解可以較寬泛些，粗略些。

　　其次，要注意對文章觀點的理解，語段層意以及層
次之間關係的把握。

　　議論性文言文，一般情況下，圍繞一個意義，總是

有一個中心句。圍繞這個中心句常常用對偶、排比和比喻等體現語勢和借助形象的語句來「議論」觀點。閱讀時，要關注相對詞語、相同詞語與相連詞語的意義，以便理清文章的思路並讀懂文章的內容。

雖然議論性文言文作為考試的題材出現較少，但是在平時的複習中，對「此」也應該有所涉及。當然，要選擇觀點淺近、明確、顯露的語段作為複習的內容，千萬不要去「摳」讀了幾遍仍舊不知所云的文章。否則的話，得不償失。如：

夫臣能諫，不能使君必納諫，＿＿＿＿＿；君能納諫，＿＿＿＿＿，非真能納諫之君。欲君必納乎，向之論備矣；欲臣必諫乎，吾其言之。

……

今有三人焉，一人勇，一人勇怯半，一人怯。有與之臨乎淵谷者，且告之曰：「能跳而越此，此謂之勇，不然為怯。」彼勇者恥怯，必跳而越焉，其勇怯半者與怯者則不能也。又告之曰：「跳而越者予千金，不然則否。」彼勇怯半者奔利，必跳而越焉，其怯者猶未能也。須臾，顧見猛虎暴然向逼，則怯者不待告，跳而越之如康莊矣。然則人豈有勇怯哉？要在以勢驅之耳。

君之難犯，猶淵穀之難越也。所謂性忠義，不悅賞，不畏罪者，勇者也，故無不諫焉。悅賞者，勇怯半者也，故賞而後諫焉。畏罪者，怯者也，故刑而後諫焉。先王知勇者不可常得，故以賞為千金，以刑為猛虎，使其前有所趨，後有所避，其勢不得不極言規失，此三代所以興也。（蘇洵《諫論》）

1　根據文意，在文章第一段的橫線上寫上相應的內容。

2　文章第 2 段，用打比方表述了三個人對「越淵」的不同心態，他們的心態分別是甚麼，請各用兩個字表達。

3　作者認為，要讓不同的「人」跳過「淵谷」，要「以勢驅之」，而要讓臣對君主進行「諫」，也要「以勢驅之」。後者的「勢」應該是指哪些內容？（用自己的話回答）

4　蘇洵通過精彩的比喻，想要闡述的主要觀點是甚麼？請用文章中的語句回答。（不超過四個字）

> 分析：這是一篇議論性的文章，第一段提出觀點，第二段運用生動的比喻來闡述觀點，第三段直接闡述觀點。要回答題目首先要對文章觀點、語段意義、層次關係有一定的把握和理解。有了這樣的把握和理解之後，我們再針對題目進行分析。

1　這個填空題初看好像沒有甚麼可以「憑藉」和「依托」的內容，實際上只要仔細閱讀第一段內容，就可以清楚地從「語言運用」（相對稱的語言現象）和「語意邏輯」（文章的主旨，句子與句子之間的關係）中發現「奧秘」：第一個句子中間有一個分號，它的前後是相互對稱的。如果能夠發現這個秘密，答案就「豁然開朗」了：非真能諫之臣；不能使臣

必諫。（如果寫成「非真能納諫之臣」和「不能使臣必納諫」，多了一個「納」字，就全錯了；如果寫成「非真能進諫之臣」和「不能使臣必進諫」，多了一個「進」字，就畫蛇添足了，也許要扣去部分分數。）

2　這個題目中有兩個重點：回答的是「心態」和必須用「兩個字」回答。前者是回答的內容要求，後者是回答的形式要求。在文章相對應的地方分別有「彼勇者恥怯」和「彼勇怯半者奔利」的句子，看來前兩個答案較容易選擇：恥怯、奔利。難度在第三個答案，原文中似乎沒有現成的字詞可以選擇。其實，我們只要用「類比」的方法，完全可以根據前兩個答案的「規律」，尋找出第三個答案：懼虎（或「怕死」等同義詞均可以）。

3　題目的表述告訴我們，第一個「勢」是屬於比喻意義，第二個「勢」才是文章意義。其實，要我們回答的是相對於三個「比喻意義」的三個「本體意義」。即：道德教育、物質獎賞、刑法約束（意思對即可）。

4　文章開頭就闡明了主旨：「欲君必納乎，向之論備矣；欲臣必諫乎，吾其言之。」前文寫的是「欲君必納」，那麼本段要闡述的觀點當然是「欲臣必諫」。

　　上述兩點告訴我們：對文章意義的理解要有所訓練，尤其對這些「純」文意理解性的題目要在閱讀原文上下功夫。走馬觀花地讀原文，帶來的只能是「誤解」、「曲解」、「錯解」。

四、注重字、詞、句考點的分佈。

一般情況下，文言文閱讀的命題者常常希望用「有限」的題目量來涵蓋較多的文言文知識，這樣可以使得「考查」的範圍更大、知識更廣。命題者的「策略」也正是我們複習和考試的「策略」。這也告訴我們，同一個「知識點」在一個語段中重複出現是不可能的，同一個「知識點」在同一份試卷中重複出現的可能也是微乎其微的。

所以，我們在考試時就需要具備這樣的「考試意識」：關注考點的分佈。

例 1：范元琰為人善良

范元琰，字伯珪，吳郡錢唐人也。及長好學，博通經史，兼精佛義。然性謙故，不以所長驕人。家貧，唯以園蔬為業。嘗出行，見人盜共菘①，元琰遽退走。母問其故，具以實答。母問盜者為誰，答曰：「向所以退，畏其愧恥，今啟其名，願不泄也。」於是母子秘之。或有涉溝盜其筍者，元琰因伐木為橋以度之，自是盜者大慚，一鄉無複竊。（選自《南史·隱逸下》）

注：① 菘：白菜。

1. 解釋下列句中加點的詞。

(1) 元琰遽退走

(2) 母問其故，具以實答

(3) 向所以退，畏其愧恥

(4) 自是盜者大慚

答案 （1）急忙；（2）緣故，原因；（3）先前；（4）這，這樣。

2. 用現代漢語寫出下面句子的意思。

　　或有涉溝盜其筍者，元琰因伐木為橋以度之。

答案 有人涉過水溝偷盜他家的竹筍，元琰就砍下樹木做成橋來使他過溝。

　　例2：伍子胥渡江

　　（伍）子胥入船，漁父知其意也，乃渡之千尋之津。

　　子胥既渡，漁父視之有饑色，乃謂曰：「子俟我此樹下，為子取餉。」漁父去後，子胥疑之，乃潛身於深葦之中。有頃，父來，持麥飯、鮑魚羹、盎漿，求之樹下，不見，因歌而呼之，曰：「蘆中人，蘆中人，豈非窮士乎？」如是至再，子胥乃出蘆中而應。漁父曰：，「吾見子有饑色，為子取餉，子何嫌哉？」子胥曰：「性命屬天，今屬丈人，豈敢有嫌哉？」

　　二人飲食畢，欲去，胥乃解百金之劍；以與漁者：「此吾前君之劍，上有七星北斗，價直百金，以此相答。」漁父曰：「吾聞楚王之命：得伍胥者，賜粟五萬石，爵執圭①。豈圖取百金之劍乎？」遂辭不受，謂子胥曰：「子急去，勿留！且為楚所得。」子胥曰：「請丈人姓字。」漁父曰：「今日凶凶，兩賊相逢，吾所謂渡楚賊也。兩賊相得，得形於默，何用姓字為？子為蘆中人，吾為漁丈人。富貴莫相忘也。」子胥曰：「諾。」既去，誡漁父曰：「掩子之盎漿，無令其露。」漁父諾。子胥行數步，顧視漁者，已覆船自沉於江水之中矣。

注：① 執圭：春秋時楚國設置的爵位名，它是楚國的最高爵位。

1. 寫出下列加點詞在句中的含義。

　　(1) 乃渡之千尋之津

　　(2) 為子取餉，子何嫌哉

　　(3) 價直百金

　　(4) 賜粟五萬石，爵執圭

2. 下列句中的代詞，指代的內容理解不正確的一項是

　　A 求之樹下，不見（子胥）

　　B 如是至再（歌而呼之）

　　C 此吾前君之劍（前君之劍）

　　D 掩子之盎漿，無令其露（漁父）

3. 下列句中「相」的用法不同於其他三項的一項是

　　A 價直百金，以此相答

　　B 相看兩不厭，只有敬亭山

　　C 登即相許和，便可作婚姻

　　D 富貴莫相忘也

4. 把下列句子譯成現代漢語（　）

　　(1) 子急去，勿留！且為楚所得。

　　(1) 何用姓字為？

　　　試卷的第一題文言文語段「字的解釋」。「尋」、「直」、「嫌」、「爵」，四個加點的字分別屬於四個層面的「知識」：尋 —— 專用名詞；直 —— 通假字「值」；

嫌——根據語境推出意為猜疑；爵——名詞用作動詞，設置爵位。

第二題「代詞所指代的內容」中的四個代詞，命題者為了避免代詞「形」的重複，就選擇了不同「形」的代詞，來作為「考題」，以求得知識呈現的更「全面」。通過分析，可取知 D 項的「其」指「盎漿」，而不是「漁父」。所以此題的答案應為「D」。

第三題「相」的解釋。這是一個較特殊的詞語，它是《孔雀東南飛》的重點也是難點。它的幾個意義中，是「雙向」還是「單向」是最需要辨析，也是較難以辨析的詞義。還有「見」等詞語也屬於此類。通過分析，B、C、D 三項的「相」都是「相互」的意思，只有 A 項是單方面的意向。所以此題答案應為「A」。

第四題句子翻譯。兩句分別是「被動句式」（「為楚所得」）和「固定句式」（何……為）。答案分別是「你馬上離開，別停留，別被楚王的人抓獲了」和「為何問姓名呢？」

經過分析我們可以得出這樣的看法：一張試卷或一個語段的試題在「分佈」上一般情況下不會出現「重複」的現象。這是由考試的目的和意義所決定的如：

熙寧四年十一月，高郵孫莘老自廣德移守吳興。其明年二月，作墨妙亭於府第之北，逍遙堂之東，取凡境內自漢以來古文遺刻以實之。

吳興自東晉為善地，號為山水清遠。其民足於魚稻

蒲蓮之利，寡求而不爭。賓客非特有事於其地者不至
焉。故凡郡守者，率以風流嘯詠、投壺飲酒為事。

自莘老之至，而歲適大水，上田皆不登，湖人大
饑，將相率亡去。莘老大振廩勸分，躬自撫循勞來，
出於至誠。富有餘者，皆爭出穀以佐官，所活至不可勝
計。當是時，朝廷方更化立法，使者旁午，以為莘老當
日夜治文書，赴期會，不能複雍容自得如故事。而莘老
益喜賓客，賦詩飲酒為樂，又以其餘暇，網羅遺逸，得
前人賦詠數百篇，以為《吳興新集》，其刻畫尚存而僵
僕斷缺於荒陂野草之間者，又皆集於此亭。是歲十二
月，餘以事至湖，周覽歎息，而莘老求文為記。（蘇軾
《墨妙亭記》）

1. 解釋下列句子中加點的詞語

    A 歲適大水

    B 上田皆不登

    C 莘老大振廩勸分

    D 莘老求文為記

2. 解釋下列句子中加點的詞語

    ① 取凡境內自漢以來古文遺刻以實之

    ② 躬自撫循勞來

    ③ 皆爭出穀以佐官

    ④ 又以其餘暇，網羅遺逸

3. 解釋下列句子中加點的詞語

    ① 自廣德移守吳興

② 率以風流嘯詠、投壺飲酒為事

③ 所活至不可勝計

④ 不能複雍容自得如故事

分析：分析這三組加點詞語的解釋，我們可以從「命題」的角度評判出它的優劣。評判優劣的標準就是看它們在「知識點」上的分佈是否「廣」。第1題除了「D」有詞性的區分和判斷外，其餘的都屬於一般意義上的實詞（恰逢，剛好；豐收；鼓勵；記述墨妙亭）；第2題則全部是一般意義上的實詞（充實；親自；支持，輔佐；空間），且前兩題的詞義基本上是「字典意義」；第3題①是動詞的特殊用法（擔任吳興的守），②是虛詞（全都，大都），③形容詞的特殊用法（救活），④是詞語的古今不同用法（舊例，原來的樣子）。

這樣，我們就可以判斷出第3題的「詞語選擇」較符合「命題」的要求，且較好地體現了詞義的「語境意義」。了解了這些，能夠提高我們對試題「知識」以外的判斷力，而這樣的判斷力對我們「答對」題目是至關重要的。所以，在複習時，我們只有具備了一個「知識網路」的基礎，才能在答題時有清楚的「知識網路」的意識。

五、注重課內外知識的聯繫，注重能力性的考查。

近年來，語文試卷內容與課文的聯繫更為密切，但它們不是簡單的知識重現，而是課文知識的遷移、變化和深化。

所以，重視課文的閱讀，重視課本的複習，重視平時的語文學習仍舊是「讀」好語文的關鍵，仍舊是考試中得「高分」的重要基礎。那種丟開課本學習和複習的想法與做法，是不可取的。

能力性的考查繼續成為試卷「變化」、「發展」的方向。試題在「變化」和「發展」上，我們可以清楚地把握它的規律與走向。能力性的題目這幾年出現的頻率越來越高，學生語文能力的差異在這類題目上的表現也十分明顯。「把知識轉化為能力」，是我們經常掛在嘴邊的話，但是真正懂得這個道理，並且用這種理念去指導自己的學習和複習的學生，未必有多少。

如文言文《伍子胥渡江》試題（見 239 頁）：找出「嫌」字的意義，可以從文章的閱讀中找到輔助的重要信息——「疑」；「爵」字的意義，可以依據文章的注解和「爵」字所在句子中的「賜」找到重要資訊。「相」字意義的辨析，提供了兩句試卷語段外，卻又是（《孔雀東南飛》、《獨坐敬亭山》）較熟悉的句子。辨析的範圍雖然擴大了，但辨析的要求降低了（「相看兩不厭「中的「兩」，直接點明了「相」字的「雙向」含義）。這是從知識轉向能力的重要考查。如：

吳起者，衛人也，好用兵。嘗學于曾子，事魯君。齊人攻魯，魯欲將吳起，吳起取齊女為妻，而魯疑之。吳起於是欲就名，遂殺其妻，以明不與齊也。魯卒以為將。將而攻齊，大破之。

　　魯人或惡吳起曰：「起之為人，猜忍人也。其少時，家累千金，游仕不遂，遂破其家，鄉黨笑之，吳起殺其謗己者三十餘人，而東出衛郭門。與其母訣，齧臂而盟曰：『起不為卿相，不復入衛。』遂事曾子。居頃之，其母死，起終不歸。曾子薄之，而與起絕。起乃之魯，學兵法以事魯君。魯君疑之，起殺妻以求將。夫魯小國，而有戰勝之名，則諸侯圖魯矣。且魯衛兄弟之國也，而君用起，則是棄衛。」魯君疑之，謝吳起。

　　吳起於是聞魏文侯賢，欲事之。文侯問李克曰：「吳起何如人哉？」李克曰：「起貪而好色，然用兵司馬穰苴不能過也。」於是魏文侯以為將，擊秦，拔五城。

　　起之為將，與士卒最下者同衣食。臥不設席，行不騎乘，親裹贏糧，與士卒分勞苦。卒有病疽者，起為吮之。卒母聞而哭之。人曰：「子卒也，而將軍自吮其疽，何哭為？」母曰：「非然也。往年吳公吮其父，其父戰不旋踵，遂死於敵。吳公今又吮其子，妾不知其死所矣。是以哭之。」

　　文侯以吳起善用兵，廉平，盡能得士心，乃以為西河守，以拒秦、韓。（司馬遷《史記》）

1　解釋加點的字

　　① 魯欲將吳起

② 吳起於是欲就名

③ 曾子薄之，而與起絕

④ 魯君疑之，謝吳起

2　下面各組加點的字意義和用法相同的一項是

A、以明不與齊也　與士卒最下者同衣食

B、遂殺其妻，以明不與齊也　文侯以吳起善用兵

C、嘗學於曾子，事魯君

　　吳起於是聞魏文侯賢，欲事之

D、將而攻齊，大破之　魯君疑之，起殺妻以求將

3　吳起對「魯君」的兩次「疑之」分別採用了甚麼解決方法？請各用四個字回答

① 吳起取齊女為妻，而魯疑之

② 魯君疑之，謝吳起

4　魯人（第二段）與魏國大臣李克（第三段對吳起都作了評價，他們的評價目的各是甚麼，請各用一句話表達？

5　吳起為士兵吸毒療傷，而這位士兵的母親卻認為：兒子被「吮」後將「不知其死所矣」。這位母親的判斷依據是甚麼？請選用一句名言警句填入橫線。因為當時的人崇尚「＿＿＿＿＿＿」。

　　分析：第 1 題四個詞語的意義，在中學學習基本出現過。有些還是出現頻率較高的詞語。如：③

輕視（《出師表》「不宜妄自菲薄，引喻失義」）；④ 辭退、推辭、謝絕（《孔雀東南飛》「阿母謝媒人」）。

第2題是詞義的區別。八個詞語的意義，也基本有所涉及。題A中的前一個「與」和「與嬴而不助五國也」中的「與」意相同；後一個「與」是出現頻率很高的虛詞。題B兩個「以」都是出現頻率很高的虛詞。題C都是「侍奉」的意思。題D前者「將」是率兵的意思；後者「將」是將軍，將領的意思。

第3題是文意理解性的題目。只要「篩選」出相關的的資訊（詞句）即可：① 殺妻求將 ② 事魏文侯。

第4題是文意理解性題目。但是在「篩選」的基礎上還要重新「組合」：魯人評價的目的是想讓魯君罷免（不任用）吳起；魏國大臣李克評價的目的是想讓魏文侯任用有帶兵打仗才能的吳起。這類題目的回答，一般情況下「意思對即可」，但是要抓住文章相關的重要意義，否則容易陷入「答非所問」的窘境。

第5題是拓展性題目。它已經不是一般意義上的簡單「拓展」，要正確回答這樣的題目，需要我們有一定的閱讀「基礎」和歷史文化「知識背景」，否則你會覺得無所適從。答案可以是：士為知己者死。

文言文複習的關鍵要做到：堅持一個「勤」字（天天複習），強化一個「讀」（天天朗讀），突出一個「思」字（天天思考）。踏實地學習，靈活地運用，學「活」文言文，才能「考」出好成績。